ニューヨーク・ディグ・ダグ

Osada Noriko
長田典子

思潮社

ニューヨーク・ディグ・ダグ

長田典子

思潮社

カバー写真＝著者
装幀＝思潮社装幀室

ニューヨーク・ディグ・ダグ

府御用達のばかでかいヘリコプターが隊列を組んで飛ぶのを見上げ、どれだけ自分たちが遠い国に来ているのか思いをめぐらした。

イスタンブールで育ったという西洋人の顔をした男は、目の際に太く濃いアイラインを引く黒い髪の女の耳元で愛していると囁き、女の手を引っぱって、スーパーマーケットの中に消えていった。たぶん二人は陳列棚の間で抱きあって激しくキスをかわしていたんだろう。だけど誰も気にせず口にもしなかった。わたしたちは、昼下がりのコーヒーショップのテラスに座り、ブルドッグやシェパードを連れて散歩をする人たちをぼんやり眺め、菫色の空を流れる雲を見ていた。そんなふうにして二人が戻るのを待っていた。時間が経つのも気にせずに。儀式のように。

帰宅時、アパートのエントランスに入ると、焼きたてのビーフ、チーズ、バター、トマトソース、オリーブオイル、胡椒なんかが過剰に入り混じった匂いがアパート中に染みついていると感じる。夕食時は、毎日きつい匂いが換気扇やドアの隙間から漂ってきて食べる前から胃がもたれてしまう。儀式のような夕刻。チーズは好きではなかったのに、いつのまにか、夕食でパスタにトマトソースやチーズを絡めて食べるようになる。

DAYS

朝。儀式のような目覚めが繰り返される。

生まれ育った家の布団の中で頭だけ目覚める。目をつぶってい る間は気がつかない。ここが、そこからとても遠いところだな んて。目を開ける前の一瞬に、聞き慣れない外国の言葉が突然 聞こえて、ああ自分はここにいたのかと知る。妙な胸苦しさに 覆われながら目を開ける。

その日の課題はお互いの家族の歴史について話しあうことだっ た。わたしたちは、予め調べておいた家族のルーツや伝えられ た言葉や儀式や家族の宝物を発表しあった。ときどき笑ったり 不思議に思ったりしながら。そして、それぞれの家族の運命が それぞれの国の運命とほとんど重なっていることに気がついて 悲しくなったりもした。

時々みんなで遠くまで旅行した。すれ違うこともあって喧嘩を した。儀式のように。たとえば、割り勘の仕方ひとつにしても、 それぞれの流儀があった。どこの国のお菓子をどのくらいの割 合で買うのかは大問題だった。旅行は、いつも行きあたりばっ たりで、なんの計画もなかった。たどり着いた街をふざけなが らぶらつき、肩を組んで歩く恋人たちの後ろから、Kiss! Kiss! キース!キース!と言ってからかったり、意味もなく追いかけ っこをしたりした。落ちていた汚いボールを蹴りあってどこま で続くか競争した。首都の広い芝生の上に寝転がり、上空を政

*

笑う羊

熱波のなかを
漂うように歩く

日付変更線を越えたのは
ずっと前のことなのに
うまく足を地面に着地できなくて
手も足のようにつかわなければと思いながら
森のように大きな公園につきあたる

高層ビルに囲まれた
四角いセントラルパーク

そこは　むかし　羊のいた牧草地だったという
羊のかわりにヒトがたくさんいて
海辺でもないのに水着になって
芝生の上に寝転がり　肌を焼いていた
影のないヒトたち
わたしは過去から迷い込んだ
一匹の羊なのか

南中する太陽の下で
チキュウ、チキュウ、と
青いガイドブックを指さして
にやにやしながら囁きあうヒトがいた
知ってるんだ
チキュウ、ってニホン語
可笑しくなって
バアハハハ！

笑ってしまった　羊みたいに
わたしはチキュウではありませんよ

ワタシハ羊ナノデス
ぴょーん　ぴょーん
飛び跳ねる
羊ナノデス

牧草地を
越えて

ぴょーん　ぴょーん
ぴょーん　ぴょーん

東に向かって道を渡る

真夏の
昼下がり
客の出払ったホテルの
宙空に吊り下げられた中庭に迷い込む

ぴょーん　ぴょーん
ぴょーん　ぴょーん

ビルの壁に囲まれた
ゼリー状の無重力地帯
気狂いじみた暑さが
身体《からだ》に粘り付いてくるから
ウールを脱ぎ捨てる

きついカクテルをたてつづけに注文して
喉を潤す

溺れる
ベッドみたいに大きなソファの上に
寝転がる
ガラス張りの天井は
床だったのかもしれず
いつのまにか
チキュウ、を　手放す

わたしを助け出さないでください
わたしを連れ出さないでください

この街は
たくさんの時間が同時にあって
捲られる書物のペエジのよう
風が吹くたびに
閉じたり開いたりしている

だから

ぴょーん　ぴょーん
ぴょーん　ぴょーん

わたしはペエジを竪琴にして
漂っていたい

ぴょーん　ぴょーん
ぴょーん　ぴょーん

笑う羊として

だから

＊青いガイドブック　『地球の歩き方』シリーズ（ダイヤモンド・ビッグ社刊）のこと。

Take a Walk on the Wild Side＊——Lou Reed に捧げる

もう三月も終わりに近いのに
一月のような寒さが続いている

Hey!　Hey!　という叫び声で目醒める
ふいに　ゆうべラジオから流れていた歌が
頭の中でよみがえる

Doo do doo do doo do do doo　………
（ドゥッ、ドゥ、ドゥッ、ドゥ、ドゥッ、ドゥ、ドゥ、ドゥッ、………）

今朝も

目醒める直前まで
ここはヨコハマ、ジャパン、だと思い込んでいた
ここはヨコハマではなく　ジャパンでもないのに
叫び声は今も怖い

Take a walk on the wild side
（危ない方の道を歩け）

「お父さんは、いません」
玄関先で早朝から訪れる借金取りに言うのがわたしの役目だった
父は逃げて行方不明
次々と商売を始めては失敗に次ぐ失敗
恋人の家に隠れているらしかったが
夜中になるとまた借金取りが来て
家のドアを怒声を上げて叩き続けていたっけ

Doo do doo do doo do do doo ………
（ドゥッ、ドゥ、ドゥッ、ドゥ、ドゥッ、ドゥ、ドゥ、ドゥッ、………）

隣の部屋のドアを誰かがノックしている
ニホン人はコツコツとツービートのテンポが普通
アメリカ人はコツコツコツコツとエイトビートのテンポが普通
エイトビートの方がずっと心地いい

Take a walk on the wild side
（危ない方の道を歩け）

起き上がって窓の外を見る
相変わらずの曇天　冬枯れの景色
百年以上前からそこにある窓は隙間風が遠慮なく入ってくる

Doo do doo do doo do do doo ………

（ドゥッ、ドゥ、ドゥッ、ドゥ、ドゥッ、ドゥ、ドゥ、ドゥッ、………）

それにしても
この国はなぜ紙類がこんなに高いのだろう……と考えながら着替えをし
トイレットペーパーとキッチンペーパーと
ニホンから連れて来た猫の餌を買いに
３ブロック先のファーマシーに出かける
ファーマシーにはうさぎや卵が描かれたカードがずらっと並んでいる
たくさんの風船が店の一角を独占し
天井に頭をくっつけて泳いでいる
復活祭が近づいているらしいと気がつく
わたしは今日も無人清算機に品物を通すのがうまくできなくて
店員さんに手伝ってもらう

Take a walk on the wild side
（危ない方の道を歩け）

父は十年近く家を留守にした後
普通に帰宅し普通に家長の座に返り咲いた
そんな父を見て
将来はなぁんにもなりたくないと思っていた

NHKの朝ドラで父が家出して行方不明になってしまう話は*
まるで我が家そっくりだったから驚いた
違ったのは我が家では娘が本当に手堅い仕事に就いたことだった

Candy came from out on the island
In the backroom she was everybody's darling
But she never lost her head
Even when she was giving head
（キャンディは田舎町からやってきた
裏部屋で彼女はみんなに可愛がられたけど

キャンディは一度も自分を見失わなかった
たとえ口を使ってやっている時でさえ)

Take a walk on the wild side
(危ない方の道を歩け)

ファーマシーで　スーパーマーケットの前で　交差点で
額に灰を十字に塗り付けた人たちと擦れ違う
「灰の水曜日」というキリスト教の行事だと思い出す

Take a walk on the wild side
(危ない方の道を歩け)

思い出す
手堅い仕事は世間的には立派だった
手堅い仕事は満身創痍であった

手堅い仕事は大変に屈辱的だった
手堅い仕事は四冊の自作詩集と建売住宅を与えた
手堅い仕事はそこで終わりにして
わたしは異国で暮らし始めた
永遠に遂げられなかった愛を成就させるために

New York City is the place where they said "Hey babe take a walk on the wild side."
（ニューヨークではみんなが言う　ヘイ、ベイブ　冒険しろよって）

ああ　お父さん
あなたは冒険者だったのですね
わたしたちの知らない果実や穀物を
たくさん収穫したのでしょうね

Take a walk on the wild side
（危ない方の道を歩け）

復活祭前の
「灰の水曜日」
ひたすら寒くて雪ばかりの冬も　もうすぐ終わるのだろう
やがて冬枯れの景色から
花や緑が芽吹くでしょう

Doo do doo do doo do do doo ………
（ドゥッ、ドゥ、ドゥッ、ドゥ、ドゥッ、ドゥ、ドゥ、ドゥッ、………）

ああ　お父さん
わたしも　ここで
もう一つの命を始めます

She never lost her head

（彼女は一度も自分を見失わなかった）

ファーマシーの
無人清算機にもすぐに慣れるでしょう
異国の言葉も少しずつわかるようになるでしょう
そのようにして
わたしの愛を成就させよう

Doo do doo do doo do do doo ………
（ドゥッ、ドゥ、ドゥッ、ドゥ、ドゥッ、ドゥ、ドゥ、ドゥッ、………）
お誕生おめでとう！　おめでとう！　おめでとう！　おめでとう！

Take a walk on the wild side
（冒険しようよ）

Doo do doo do doo do do doo　………

（ドゥッ、ドゥ、ドゥッ、ドゥ、ドゥッ、ドゥ、ドゥ、ドゥッ、………）

Doo do doo do doo do do doo　………

（ドゥッ、ドゥ、ドゥッ、ドゥ、ドゥッ、ドゥ、ドゥ、ドゥッ、………）

＊英文はすべてニューヨーク・ブルックリン生まれのミュージシャンLou Reed（ルー・リード）作詞・作曲の“Walk on the Wild Side”より引用。

＊二〇一五年ＮＨＫ前期連続テレビ小説「まれ」より

やわらかい場所

遊覧船の
フェンスにもたれて
幸せだった
汽水域を越えて
水鳥のように
飛び立って行けるのではないか
まだ見たことのないどこかへ
そう思えた

夏の終わりの日曜日
自由の女神を見にフェリーに乗ったのだった

リバティ島に向かって
フェリーの屋上は
人であふれていて　みな笑顔だった
見たことのない何かを所有する欲望に
目を輝かせていた

近くで見ると思った以上に巨大で
横幅があって
強そうだった
マッチョな体躯に圧倒された
女神なのに

ここに来てからは
悪夢を見ることはなくなった
わたしは
満員のフェリーに乗る観光客のひとりとなり

汽水域をなぞって
ゆるゆると
自由の女神を見るために
リバティ島へ
そして
かつて移民局のあった
エリス島へと
移動した
とても平凡で穏やかな行為として

移民博物館では
ヨーロッパから
飢饉や貧困を逃れて
長い船旅の果てに
たどり着いた人々の写真
山のように積まれたボストンバッグや荷車

健康診断に使われた医療器具
などを見て回った
人々は長い列を作って並び
いくつもの部屋を通過し
たくさんの尋問に合格しなければならなかったが
傷みを
汽水域を
越えて
失敗しても失敗しても貪欲に新天地を求め
大陸の奥地まで
移動していった人たちがいた

マッチョだ
マッチョな人生だ

休日の

地下鉄の車内はがらんとしていて
わたしはぼんやりと
あの人の　やわらかくなったペニスを思い出していた
慈しむべき身体の一部として
口に含んだときのことを
差し出された手の甲に
口づけをしたときのことを
指先のいっぽんいっぽんを
順番に舐めて
そっと噛んだりしたときのことを

出国したのは
受け身ではなく
慈しもうと思ったから
能動的に
この場所にいる

わたしを
愛したい
もう何も心配しなくてもいいと
思いたかった
何も
考えずに
ひゅーん、と
飛んで行けたら
と

そうだ
自由の女神のマッチョな体躯だ
タイムズスクエアや五番街には
全身を緑灰色にペインティングした
肥満体の自由の女神が出没している

観光客と一緒に記念写真を撮らせるたびに
チップを巻き上げていた
ニホンの
パチンコ屋や量販店にも
似たような像が置いてあったっけ
マッチョな人生なんて
どこにでもあるのかもしれないけれど

仮装という存在
仮想という想念
から
解放されよう

マッチョに
飛び立つのだ
マッチョに

ハドソン川の向こう側には
マンハッタンがあおむけに横たわっている
つまさきから上に
ダウンタウン、ヴィレッジ、ミッドタウンと広がっていくあたり
生まれたばかりの赤ん坊のような
やわらかい時間が脈うっている
差し出された手の甲に　口づけをし
指先のいっぽんいっぽんを
順番に舐めていく　そんな
まだ知らない
れんあいかんけい、のような
わたしの
場所がある
だから

ひゅーん、と
飛んで行こう
汽水域を
越えて

ズーム・アウト、ズーム・イン、そしてチェリー味のコカ・コーラ

ポテトチップス、ブルームーンビール、ピザ、
ぐうたら
朝方までかかる宿題のための仮眠は必要なく
ステューディオタイプのアパートの部屋
ぐうたら
備え付けのカウンターの上には
箱を開けたままのピザ、ポテトチップスの袋、
チェリー味のコカ・コーラの瓶が並んでいる
カウンター横のノートパソコンを開きっ放しにしたまま
テレビでコメディドラマ、ニュース、ぐうたら
ノートパソコンでインターネット、ぐうたら

ミクシィ、フェイスブック、ぐうたら

二〇一一年三月一〇日
ここに来て二か月
明日から初めての春休みが始まる夕方、
コメディドラマ、ニュース、インターネット、ミクシィ、フェイスブック、
インターネットふたたび、無料配信ドラマふたたび、
ポテトチップス、ブルームーンビール、ピザ、サラダ、チェリー味のコカ・コーラ、
ああ　また太っちゃうな
思考と行動がぐうたら伸びてぐうたら絡まり気づくと
今は二〇一一年三月十一日の午前二時近く
チェリー味のコカ・コーラふたたび
ヤフージャパンふたたび、
こんがらがったネットを伸ばし伸ばしニホンと繋がる

え、地震？　トーホク？

一時間前に起きた地震を知らせる赤い文字、
配信映像、クリック、
キャスターがヘルメットをかぶって叫んでいる
「落ち着いて行動してください！　身の安全を確保してください！」
「東京で火災、家屋倒壊、千葉で火災、埼玉で火災、天井落下、けが人多数」
ヨコハマは震度五弱または震度五強か我が家は大丈夫だろうか
ホドガヤの妹はどうしているだろうかサガミハラの父は
出張中の夫は今どこにいるのか
津波、
沿岸部に到達、被害まだわからず、チョウシ港では船が沖に向かう
チキュウの裏側の出来事
映像から目が離せなくなる気持ちがズーム・インしていく
意識がズーム・アウトしたまま
分裂する
遠いんだよ、ニホン、遠いんだよ、ヨコハマ、センダイ、トーホク、
意識はズーム・アウトしたまま

チキュウの裏側、
「うわぁあああっ！」
マイクのそばで発せられる悲鳴のようなニホン語、
とつぜん、近い、ニホン語に呼びさまされる
アメーバーのように掌を広げて家屋やビニルハウスを破壊していく
津波、ツナミ、TSUNAMI！　トーホク！
（たぶん数えきれないたくさんの人たちを巻き込んで……）
信じがたい光景が繰り広げられ画面から目を離せない
ズーム・イン、
掌を広げて家屋やビニルハウスを破壊して進む
津波、ツナミ、TSUNAMI！　トーホク！
（数えきれないたくさんの人たちを巻き込んで……）
（さっきまでお茶を飲んでいた…お煎餅を齧ってテレビを見ていた…炬燵に寝転んで昼寝をしていた…幼稚園に通う子のお迎えに車のエンジンをかけたところ……）
ズーム・アウト、上空から
どうしてこんなに冷静なのかわたし！

遠くから見る自分の視線に驚く
こちらは三月十一日の午前二時過ぎ
ニホン語の方が詳細なことまで確実にわかるから
インターネットの画面を付けっ放しにして数時間見続けた
ヨコハマは震度五弱　我が家は大丈夫だろうか
ホドガヤの妹はどうしているだろうかサガミハラの父は
夫は今どこにいるのか
国際電話は誰とも通じない
眠ったのか眠らなかったのかよくわからないけどたぶんぐっすり眠った

朝
テレビを付けるとＡＢＣテレビのニュース速報では
さらにズームアウトされた広範囲の映像が流れていた
黒煙と炎を、家屋やビルの瓦礫を、抱き込みながらＴＳＵＮＡＭＩは
トーホク！
広い土地を覆い尽くして進んでいく

うわぁあああああっ！　怖いっ……！

（数えきれないたくさんのたくさんの人たちを巻き込みながら……）

（渋滞した車の中で迂回路を必死に考えていた…老いた母を背負って高台を目指していた…家に大切なものを取りに引き返していた…コンビニの雪崩れ落ちた商品を踏み越えて外に飛び出し海の方を見たそのとき…横倒しになったままの車椅子から這い出そうともがいていた…背後から襲う轟音を耳にしながら懸命に駆けていた……）

ズームアウト、上空から、

分裂したもうひとつの意識がむしろ画面と一体になってしまう、上空から、

なんでこんなに冷静なんだわたし！

リアリティ、

リアリティ、ってなんなんだ！

ニホンで

ツインタワーに飛行機が突っ込むのを見ていたあのときテレビで

ビルに突っ込む飛行機と黒い噴煙に圧倒されてビルの中にいる

数えきれない人たちに思いが及ぶまで時間がかかった

映像の中のツインタワーだった

翌日の英字新聞でスーツを着たたくさんの人たちがビルの側面を
モノのように落下していく写真を見た見てしまった
うわぁあああああ！
悲鳴をあげた
ビルと飛行機と黒い噴煙に圧倒されるばかりだった自分を恥じた
リアリティ、
リアリティ、ってなんなんだ！
久しぶりの
勉強しなくていい休日ののんびり猫に餌をやる
昨日の残りのピザとコーヒーでいつも通りの朝食を摂る
ランドリーが空いているうちにと朝から洗濯機を三台独占
乾燥機二台をフル回転させているうちに一日が過ぎてしまう
死者の数はさらに増えていくだろうとぼんやり思いながら
フクシマ原発が危険な状態だと警告していたＡＢＣニュースの
NUCLEAR EMERGENCY のテロップが頭の中で宙吊りになったまま
猫のトイレと部屋の掃除をする

夜
テレビを付ける
日本語放送のチャンネルが今日から無料で一か月見られることを知る
ＡＢＣニュース、ＣＮＮニュース、ＮＢＣニュース、ニホン語放送、
あちこちチャンネルを変えて見る
アメリカの有名なニュースアンカーが続々と被災地入りしている
食糧や物資を前に整然と無言で並ぶ人々をバックに立ち
ここの人々はこれほどまでの甚大な災害においてもどうしてこんなに礼儀正しいのかと
目に涙を浮かべて語っている
その上から目線に鼻じろむ
映像が変わりさらに報告が続く立っている場所はどう見てもトーキョーのどこか
ＡＢＣニュース速報
ニホン時間三月十二日午後三時三十六分
フクシマ原発一号機、メルトダウン！　爆発！
一刻もはやく子どもたちを避難させろ！

フクシマに大量のコンクリートを送れ！　原発を石棺にしろ！
物理学者が繰り返しシャウトする
地震、火災、家屋倒壊、津波、余震、死者多数、死者多数、原発爆発！
誰かはやくはやく助けに行って！
死者の数はますます増えていくだろう
恐怖で涙がぽろぽろ流れてくる怒りがからだの底から突き上げてくる

朝　こちらはまだ三月十二日
新聞を買いに行く
ニューヨークタイムズの一面にはフクシマ原発の衛星写真、
防護服で担架を運ぶ人たちの写真の足元には毛布にくるまれた遺体が
ずらっと地面に並べられているのをウェブサイトで見てしまう
ズーム・イン、
背筋が凍りつく胸が締め付けられる息苦しくなる
ズーム・アウト、上空から、
母国は遠く、チキュウの裏側、

外国の新聞の一面に掲載されるニホンの災害、事故、
意気消沈する、胸が締め付けられる息苦しくなる
母国は近く、
ニホン語放送
ベントがどうのこうのメルトダウンとは誰も言わない
地震、火災、家屋倒壊、津波、余震、死者多数、死者多数、原発爆発！
ドミノ倒しのように被害が広がっていく
ヘリから撮影された屋上のＳＯＳ、降られる白旗、
ズーム・アウト、上空から、
誰かはやくはやく助けに行って！
ズームアウト、上空から、
リアリティってなんなんだ！
母国は遠い、母国は近い、
意気消沈する
からだの力が抜けていく涙がぽろぽろ流れてくる
いつものようにベーグルや果物や水を買いに出掛けるついでに

お気に入りのバナナリパブリックやGAPでウィンドウショッピング
傷物のトレンチコートが百ドルで売られているのを見つけて買ってしまう
裏地は白に水色のストライプの布がとってもキュートな
"This is really beautiful."（これ、ほんとに素敵ですよね）
店員さんが言いながら袋に詰める横顔を見て大いに満足する
アパートに帰って鏡の前でさっそく着てみる
"This is really beautiful."　呟きながら
テレビを付けて
ABCニュース、CNNニュース、NBCニュース、ニホン語放送を交互に見る
母国は遠い、母国は近い、
からだの力が抜けていく涙がぽろぽろ流れてくる

朝　ニューヨーク三月十三日
泣きはらした目で支度をし
クラスメイトとバスでハーレムを横切ってクロイスターズ美術館に出掛ける
会うなり百ドルで買ったトレンチコートの自慢をする

バスの中では他愛もないおしゃべり泣きはらした目で
カンコク人のクラスメイトは家族は大丈夫だったかと聞いたけど
みんなトーキョーのあたりだから心配ないと言ってそれっきり
地震の話はしないまま
ヨーロッパ中世の修道院を移築した石造りの建物を散策する
一角獣狩りのタペストリーを鑑賞する
一角獣が丸い囲いの中でおとなしくしている別のタペストリーを鑑賞する
このタペストリーをずっと前から見てみたかったの、と笑顔で話す
磔にされたキリスト像が胸に突き刺さる
十五世紀の祭壇画の前で祈るどこかそらぞらしいと自分を疑う
遠い、チキュウの裏側、
いくつもの回廊をゆっくりと歩き
ハドソン川をバックに写真を撮ってもらう
買ったばかりのトレンチコートがとてもうれしい
グランドセントラル駅のオイスターバーで食事をする
シメイビール、ロブスター、カリフォルニアの牡蠣、に舌鼓をうつ

帰宅してテレビを付けるとニュース速報
フクシマ原発三号機爆発！　ニホン時間三月十四日午前十一時一分
黒煙が空に太く勢いよく立ち昇る鮮明なアメリカのニュース映像
ニホン語放送の画像はうすぼんやりしていて
いったいどうなってるんだニホンは！
ドミノ倒しのように
地震、火災、家屋倒壊、津波、余震、死者多数、死者多数、原発爆発！　原発爆発!!
(死者多数って何……、多数なんて言わないで……ひとり、ひとり、のたくさんの命なのに、
突き放さないで……束ねて言ってしまわないで……)
(その前までは茶呑み友達と縁側で喋っていた…テレビでワイドショーを見ながらソファで
寛いでいた…会社の電卓で見積もりを出していた…体育館でバスケをしていた…宅急便の
配達でバイクを走らせていた…コーヒーを淹れて飲むところ……)
こちらのニュースでは今日も
一刻もはやく子どもたちを避難させろ！
フクシマにコンクリートを送れ！　原発を石棺にしろ！
有名な物理学者が繰り返しシャウトしているというのに

いったいどうなっているんだニホンは！
朝　ニューヨーク三月十四日
近くのスタンドまで走ってニューヨークタイムズを買う
一面にメルトダウンという文字が躍る、ニホン語放送では冷却水の説明
ホドガヤの妹にメールで放射能汚染が心配だと書いて送る
海外ではオーバーに間違った報道がされているんだってね、という妹の返事に
全身の力が抜けていく
わたしがアメリカのメディアに洗脳されていると言う
リアリティってなんなんだ！　リアリティってなんなんだ！
YAHOO! USA を検索して写真だけでも見て、と返信する
夫と電話連絡がつく出張でフクシマの山間部にいたが無事だったとのこと
放射能が心配だと伝えるがいつもの根拠ない「大丈夫だ」で電話は終わる
チキュウの裏側の出来事
ニホン語放送とアメリカのニュースを交互に見る
ここではフクシマのような原発事故は絶対に起きないと説明する

アメリカのニュース報道に愕然とする呆れ果てる

朝、夜、朝、夜、朝、夜、………
テレビニュースを見続ける
スタンドでニューヨークタイムズを買おうとする
一面にはうっすらと雪が降り積もる砂地のような場所に
たくさんの棺が冷え冷えと並んでいる大きな写真が目に入り
買うのをやめる
アメリカのニュース、
有名なニュースアンカーが被災地の報告をする
立っている場所はどう見てもトーキョーのどこか
同じだよ、
わたしもこんなに嘘くさい
遠い、ヨコハマ、遠い、トーキョー、センダイ、トーホク！
ズーム・アウト、わたし、上空から、わたし、ズーム・イン、
ぐうたら、ぐうたら、ズーム・イン、ズーム・アウト、

地震、火災、家屋倒壊、津波、余震、死者多数、死者多数、原発爆発！　原発爆発‼
（そこには、ひとり、ひとり、の命があって、ひとり、ひとり、には、
それ、ぞれに、家族がいて、それ、ぞれの、友達がいて……）
ぐうたら、
涙がぽろぽろ流れてくる
怒りがからだの底から突き上げてくる
ぐうたら、涙、ぐうたら、怒り、ぐうたら、テレビニュースを見続ける
全身の力が抜けていく
朝、夜、朝、夜、………
猫の世話、友達とランチ、メールのチェック、
ぐうたら、
ぐうたら、

そんなふうにして
二〇一一年三月十一日から十日間の春休みは過ぎていき
月曜日からいつものように学校が始まった

映画のＣＧみたいだったね、と興奮気味に言い合うクラスメイトたち
わたしもそうだった
９１１のときニホンで、三月十一日の震災はニューヨークで、
その映像をテレビで見たとき
映画のＣＧみたいだと思った
リアリティって、いったいなんなんだ！
午前中の授業は何も頭に入ってこなかったからだに力が入らない
くたん、と人形のように足を投げ出し座っているだけだった
午後のマーク先生の授業で
近況報告だけのはずが近況報告だったからこそ
わたしは一時間中喋り続けてしまった
からだの底から突き上げてくる怒りを、恐怖を、
ニホンのメディアとアメリカのメディアの報道の食い違いについて
ニホンの地震について、ＴＳＵＮＡＭＩについて、
町ごと海に沈んでしまったこと、町ごと流されてしまったこと、
たくさんの、ひとり、ひとり、が、とつぜんの波に呑まれて消えてしまったこと、

それから、
ニホンの政府が安全だと原発を推進してきたいきさつについて、
コントロールできない原発事故の危険性について、人間や環境への影響について
すべての理不尽さ、について、
たくさん、たくさん、喋り続けた
眉間に皺を寄せて喋り続けてしまって喋るのが止まらなくなってしまって
マーク先生はわたしの話を遮らずに最後まで聞いていた
午前中、映画のCGみたいだったね、と無邪気に喋っていたクラスメイトたちも
黙りこんで下を向いていた

その日のマーク先生の宿題は
"If I could change one thing in the world, I would……"
（もし世界で一つだけ変えられることがあるなら、わたしは……）だった

一週間後、わたしは原発事故のことを書いて提出した
迷いはなかった書かずにはいられなかった

書き直しの晩
原発事故が国際原子力評価尺度のレベル7だったと知って
四月十二日の政府発表も付け足した
チェルノブイリ事故と同じレベルだった……

“If I could change one thing in the world, I would……”

If I could change one thing in the world, I would get each government of many countries to destroy many nuclear power plants which were built in the world.

There was the big tragedy by the strong earthquake and big tsunami, and the Fukushima nuclear power plants were damaged in Japan, as was broadcast in all the countries of the world in March. And, even now, radioactivity is gushing out into the air and sea. The land and water in Japan were affected by radioactive fallout. People worry that radioactivity can have an influence on the body.

People can't control natural disasters such as a tsunami or earthquake. But nuclear power plants were built by human beings, and what is worse, human beings don't know exactly how to fix them when they are broken.

Many years ago, I watched the report of the Chernobyl disaster on TV in Japan. The report said the effect by radioactivity appeared in the babies of pregnant women, as well as in children and people who had worked there. The baby of a pregnant woman couldn't grow up in her body. Many children were invaded by thyroid carcinoma. Many people developed cancer, perhaps leukemia. And some men who had worked there to clear the nuclear power plant disaster developed brain problems and they had handicaps involving their hands, legs, and their memories. The report said the radioactivity arrived in a person's brain after circulating through blood vessels in the body and human beings were finally invaded by many kinds of illness. The worst thing is human beings' genes are hurt by radiation. It means our posterity will be ill or something bad will happen in their future.

On April 12th, the Japanese Government announced that the rating of the severity of the accident at the Fukushima Daiichi Nuclear Plants had been nuclear alert level 7. I'm very sorry to think about how many people will be invaded by bad illness because of this accident.

We enjoy the blessing of electricity now. But I don't want the accident caused by nuclear power plants to repeat again. If we need electricity, we should make use of wind power generation or a solar battery or hydroelectric power. We should make the effort to live within limited electricity. But I don' t know whether or not it'll be possible. I hope it'll be possible with our various ideas.

So I hope that nuclear plants will be eradicated in the world.

（もし世界で１つだけ変えることができたら、わたしは……

もし、わたしがこの世界でひとつだけ変えることができたら、わたしは、多くの国に建てられている原子力発電所をそれぞれの政府に壊させるだろう。

この三月に世界中の国々で報道があったように、日本では、巨大地震、津波、そしてフクシマ原発事故により大きな悲劇が起きた。そして、今もなお、放射能は空中や海に噴出している。日本の土地や水は放射性降灰物によって汚染され、人々は放射能による人体への影響を心配している。

人々は津波や地震のような自然災害をコントロールできない。しかし原子力発電所は人類によって建てられ、さらに悪いことに、人類はそれらが壊れたときに、どう修理したらいいのかを知らない。

随分前に、わたしは、日本でチェルノブイリの報告をテレビで見た。胎児、子どもたち、また原子力発電所で働いていた人々への影響について報告されていた。ある妊婦の胎児は、彼女の体内で成長できなかった。多くの子どもたちが甲状腺癌に侵された。多くの人々が白血病のような癌になった。事故後、そこで処理をしていた数人の男性は、脳に問題を抱えるようになり、記憶や手足に障害をもったと報告されていた。放射能は、血液の循環により人の脳にまで到達し、結果、人は様々な病気に侵されるということだった。最も悪いことは、人の遺伝子が破壊されることだ。それは、わたしたちの子孫に、将来何かしら悪いことが起こることを意味する。*

四月十二日、日本政府はフクシマ原子力発電所の事故の重大度は警戒基準七だったと発表した。事故により、どれだけ多くの人々が悪い病気に侵されることになるのかと思うと、とても悲しい。

わたしたちは、現在、電気の恩恵に預かっている。しかし、わたしは、原発事故は二度と起きて欲しくない。もし、わたしたちが、電気を必要とするなら、太陽電池、風力発電や水力発電を利用するべきだ。わたしたちは、限られた電力の範囲内で生活する努力をするべきである。しかし、それが可能かどうかは、わからない。わたしたちの様々なアイディアを生かしてそれを可能にできたらと思う。

わたしは原発が世界から完全に無くなるのを望む。）

＊「チェルノブイリ原発事故・終わりなき人体汚染」（ＮＨＫ、一九九六年）

ああ、わたしは、
何を語っても、書いても、無力で、
虚しくなってしまって
からだの力が抜けてしまうのだ

同じだよ
わたしも
こんなに
嘘くさい
そらぞらしい

雪の降る砂地のような場所に延々と並べられた白い棺の写真が頭から離れない
土砂に埋もれてもなお背中を丸めて赤ん坊を抱いたままの母親の写真が頭から離れない
手を合わせて祈る人たちの悲嘆にくれた横顔の写真が忘れられない

ニューヨークも
まだ雪が降っています
暖房の効きすぎる部屋でわたしは半袖です
今日もチェリー味のコカ・コーラを飲みました

ここではフクシマのような原発事故は絶対に起きないと説明する
アメリカのニュース報道に愕然とする呆れ果てる

たとえば、
葬儀に参列したとき
きゅうに、ぷうっ、と吹き出したくなる
あの感じ

同じだよ
わたしも
こんなに

嘘くさい
そらぞらしい

Dear Hiroshige

星座の描かれた大天井の下
大理石のコンコースを通り抜ける
円形天井の新聞スタンド、高級カード屋やおもちゃ屋を
気分転換に歩くのが毎日の日課
今日は珍しく
地下のフードコートで長居する
健康のため
野菜ジュースに粉末ビタミンCと高麗人参カプセルをトッピングしてもらい
まず〜い濃厚ジュースを飲みながら
単語カードをめくっても
なんだかちっとも覚えられないのはいつものことで

諦めて外に出ると
とつぜんの
どしゃぶり
雨水が直線になって
ふりそそぐ

あらがえない
急転直下
折り畳み傘は間に合わず
靴の中まで水があふれだす

真夏の夕方は
どしゃぶりになる日が多いから
ニューヨーク流に
ビーチサンダルで出歩くのがいちばんだけど
罅割れ穴ぼこだらけ凹凸の激しいコンクリートの道は

都市の断末魔そのもので
あちこちに深い水たまりが出現する
ビーチサンダルじゃ
足裏がすぐに疲れてしまうから
潰れかけた運動靴を履いていた

若い頃
クーラーのない真夏のニホンの校舎で
汗だくになって働いていたときがあった
手ぬぐいを首から下げ
わらじを履いて廊下を歩いていたら
「なかなかいいですなぁ」と
校長先生に褒められた
柔らかい藁は足裏に心地よく
両方の素足はのびのびと汗をかいていたな
わらじは一か月くらいで擦り切れ

潰れて履けなくなってしまったけど
あの気持ちいい感触は忘れない

ビジネスマンも
ホームレスも
並んで
ビルの軒先に立ち
いつやむともしれぬどしゃぶりを
ゆったりとながめているのをしりめに
急ぐ急いでしまうのはなぜか

Dear Hiroshige
あ、ひろしげさん
Straw sandals are the best in this situation, right?
こういうときって
わらじ

ですよね

かさなる
高層ビル
ではなく
かさなり
しなる
竹林
広重の
庄野街道を
駕籠が走る
こんちくしょうめ
ふってきやがったぜ
あしゆび曲げて　わらじごと地面の泥をふん摑まえる
走る走る走る走る
旅籠まであと半里でせぇ

急がねぇとくれむつでぇ
江戸の時代
庄野宿
白雨
あり
駕籠が走る

走る
無数のホースから放水されたような
撃ちつける雨のなかを
走る
揺れるカフェのオーニング
セカンドアベニューの角の緑の下で
ひと休みしましょうや
べらぼうめ！
靴の中まで

こうびっちょりじゃたまんねぇ
アパートまでひとっぱしりさぁ

Dear Hiroshige
ひろしげさん
Do you believe New York City is the financial capital in the world?
ここが世界でいちばんの経済都市だなんてね
信じられます?

二十一世紀のニューヨークは
時計の針が捩じ切れて
ふたたび二百年も昔に戻っているようだよ
街にあふれる
飽食大ネズミたちは雨がふるたびに
どどどど地下を大移動
どのアパートも南京虫が大発生し

ゴミ置き場にはマットレスが無造作に積み上げられている
夜になるとアパートの壁の中をネズミの家族が走り回る
排水口から顔を出す

Dear Hiroshige
ああ　ひろしげさん
How dirty it is here!
ここは　なんて不潔なのでしょう

江戸の時代は
もっと
静かで
もっと
清潔
だった
のではないかしら

雨にぬれたら
人は　わらじをぬぎ
足を拭いてから
座敷にあがったものでしょう？

あの人たちときたら
ビーチサンダル脱いで　はだしのまま部屋を歩きまわり
その足でベッドに入って眠ってしまうのですから

撃ちつける雨は
腐った臭いや鉄の臭いを発《た》ち上げ
濃厚な
まず〜い空気を吸うのも夏の日課さぁ
ビル風が巻き上がり
あらがえば
傘の骨はすぐにばらばらになってしまう

のに
わたし
走る
白く霞む大通りを
傘もささずに
びしょ濡れになりながら
ニホン人だねぇ
あとひとっぱしりでぇ

Dear Hiroshige
いやさ
広重さん
I'm so surprised to see you in New York.
この街で
あなたにお会いできるとは

あいえんきえんはみょうなものです
なんて
どこかで聞いたような聞かなかったような言葉が
とつぜん
頭に浮かぶ
エイ単語はちっとも覚えられないのにね

先週ラバーソールの厚底サンダルを
七十八ドルで買った靴屋の前を通りかかると
ショーウインドウの隅の
擦り切れた星条旗の模様に魅かれる
長靴が十八ドルなんて安い
この模様も可愛くて
ひとめぼれする
迷わず買う

Dear Hiroshige
ああ　ひろしげさん
The relationship formed due to a strange turn of fate is a miracle.
あいえんきえんはみょうなものです

明日からは
朝はどんなに晴れていても
つづく夕立に備えて
この長靴で出掛けることにする
擦り切れた
星条旗の長靴を
履いていく
なんて
シニカルせんばん

Dear Hiroshige

いやさ
広重さん

夏の夕立に
ゴム長靴は足が蒸れて
ましょくにあわねぇ

I need straw sandals here in summer.
この季節　ニューヨークを歩くなら
わらじに限りまさぁ

Don't you think so?
そうおもいませんか？
Dear Hiroshige
広重さん

＊ひろしげ　歌川広重。江戸時代の著名な浮世絵師。
＊白雨　歌川広重「東海道五十三次」における、庄野宿内を描いた版画のタイトルより引用。

ア・イ・シ・テ・イ・ル

ニホン語を捨てよう
アメリカ語を習得するために

それはワルツ
ワルツのリズム
地下鉄構内から
テネシー・ワルツが聞こえてくる
ワン、トゥー、スリー、　ワン、トゥー、スリー、
……………、……………、……………、

分厚い　文法の　教科書

分厚い　長文の　教科書
ノート　ノート　ノート　電子辞書　紙の辞書　………
プリントアウトした大事な大事な宿題は
エッセイと　初めてニホン語以外の言葉で書いた詩
バッグはパンパンに膨らんで
持ち手が肩に食い込んでくる
急ぎ足で
Grand Central 駅に駆け込む
毎朝　無料新聞 am New York をもらう

ニホン語を捨てよう
アメリカ語を習得するために

交差点に立つ若い男子たちは美しい
背が高くて手足が長くて
肌の色はいろいろでも

産毛が朝日に輝いていて
喋ってみたいな　彼らと　いつか
アルファベットで構成されるわたしの言葉は
今は　まだ
ひどく　いびつで

呟く　呟いてみる　いびつな　アルファベットで
This afternoon I have a creative writing lesson.
（今日ノ午後ハ　文章創作ノ授業ガ　アリマス）
I'll hand in my poem written in American English to my professor.
（ワタシハ　アメリカ語デ　書イタ詩ヲ　先生ニ　提出スルノデス）

この夏二〇一一年の夏
わたしは
アメリカ語で詩を書き始めた

「ここに来て初めて受けた授業は初級のレベル2からで
何気なくold - elder - eldest のelder を遣ったら
"It's British English!"（それはイギリス・エイ語ですよ！）
女の先生にきっぱりと言われてドキッとした
old - older - oldest がふさわしいという
エイ語というよりも ここでは
アメリカ語 なのだと 知った」

アイした アイされた
ニホン、を捨てなければ
アメリカ語を習得するために
ニホン語を捨てよう

黄色く閃光するMの文字を横目に
改札口を通り抜ける

*In McDonald's, I heard the sound like the clapped lid of gavage box.**
（マクドナルドで　わたしはゴミ箱の蓋を　パタン！　と閉めるような音を聞いた）
It was the voice of store clerks echoed in the shop.
（それは店の中に反響する店員の声だった）
The voice vomited me, vomited me.
（声はわたしを吐き出した　わたしを吐き出したのだった）
McDonald's vomited me.
（マクドナルドはわたしを吐き出した）

ちがう
マクドナルドはわたしを産み出した
そう書くべきだった

黒く塗られた地下鉄の階段を降りていく

９１１、３１１、９１１、３１１、

どっちみち世界は滅びつつあるのだから
せめて自分は滅びずに　と
ニホン人としての自分を滅ぼすことにした
アメリカ語を習得するために
どっちみち世界は滅びつつあるのだから

I liked my situation which is nothing, which is no important thing.
（何もない　何も大切なものがないこの状況が好きだった）

ワルツ
テネシー・ワルツ

地下鉄のホームで
大道芸人がサックスを吹いている
切ないメロディが曲がりくねる
いい音だ

テネシー・ワルツ
親友に恋人を盗られたおはなし
むかし　むかしの
おはなし

学生時代の噂ばなし
女友達といっしょに大笑いした
みせパン
見せるパンツ
その男はAさんの次にAさんの親友のBさんを誘ったのだけど
そのときのパンツの柄が同じだったんだって
緑のチェック柄だったんだって
見せパンだったんだって
若くて
愛については

まだ何も知らなかった
頃の
３１１、よりもずっとずっと前の
ニホンのおはなし

どっちみち世界は滅びつつあるのだから

くるくる回る
ワルツ
回る

９１１、
くるくる
落下するクンクリート塊
ひらひらはためく
スーツの上着　ネクタイ　スカートの裾

これはアメリカのおはなし
Reality　事実
見ました　たくさんの写真を
ワールドトレードセンターの　仮設博物館で　昨日

Many people were falling down from big building.
（たくさんの人々が大きなビルから落下していた）
I stared unbelievably at the view that people flew down like many supermen.
（わたしは信じられない気持ちでスーパーマンみたいに飛び墜ちていく人々を凝視した）

知った　日曜日の朝
テレビニュースで
崩壊したワールドトレードセンターの鉄柱によって偶然にできた巨大十字架が
建設中の新博物館に運び込まれるのを
巨大すぎて　運び込めるタイミングは今なのだと
It's called World Trade Center Cross.

（ソレハ　ワールドトレードセンタークロス　ト　呼バレテ　イマス）
I decided to write about it in my next poem and went there.
（ワタシハ 次ノ詩ニ　ソレヲ　書クコトヲ　決メマシタ　ソシテ　ソコニ　行キマシタ）
夜のうちに担当のマーク先生にメールを送った
午後にワールドトレードセンター仮説博物館に取材に出掛けたと

911、
語り部ツアーの女性は
船でハドソン川を横切って避難したという
振り向くと
高層タワーが
空に
シュークリームのような黒煙を巻き上げながら
崩れ落ちていくのが
船から見えた
恐怖に満ちた顔で説明した

大切なバッグを持っていたはずなのに手提げ紐だけを摑んでいたと

In the darkness I was just wondering if my bag was OK because it was
(暗闇の中でわたしが心配していたのは　わたしのバッグが無事かどうかだけだった)
A present from my husband and I noticed I had only one handle on it.
(夫からのプレゼントだったから　気が付くとわたしはバッグの手提げ紐だけを握っていた)

ワルツ
テネシー・ワルツ
くるくる

3 1 1、
春休み直前の真夜中
偶然開いていたノートパソコンのネット配信で知った
渋滞する車、 ビニルハウス、 家、 ……

小さな箱庭のできごとのように
大津波にさらわれていく映像を見た
ビルの屋上や窓から助けを求めて手を振る人、人、人……
その後　原子力発電所の爆発、崩壊、
まだ消化できていない311、
澱のように身体の底に溜まっている
夏の午後
日曜日
911、の現場に向かった

Madly people would want to live madly.
（狂おしく　人々は生きることを望んだだろう狂おしく）

仮設博物館を出て
メモをまとめようと無意識に入ったのは
地下鉄駅入り口にあるニホン風うどん屋

無意識に
やっぱり「うどん屋」だった
素うどんを注文する
Though I couldn't see World Trade Center Cross……
（ワールドトレードセンタークロス　ハ　見ラレナカッタ　ケレド……）
からだの中で　外で
言葉が麺のように絡まって
螺旋状に巻き昇っていった

くるくる
テネシー・ワルツ
"Now I know how much I have lost."*
「今になって　どれだけたくさんのものを失ったのかがわかったわ」
No, I haven't lost anything.
（イイエ、ワタシハ　何モ　失ッテハ　イナイ）

失わない
獲得する

アイした　アイされた
ニホン語を　ニホンを
捨てない

アメリカ語を
アメリカ語を
獲得する

９１１、３１１、
Zero Wants Infinity.
「ゼロは無限大を欲する」

ワン、トゥー、スリー、
ワン、トゥー、スリー、

学校に向かう地下鉄に乗りながら
am New York のトップニュースを読むのが習慣

City Hall 駅の階段を昇ると
学校まで徒歩七分
青空の奥底
彼方から
ア・イ・シ・テ・イ・ル
という声が
かすかに　聞こえた
誰の声だろう
それは　ワルツの　リズムで

ア・イ・シ・テ・イ・ル………

独立記念日が近づいている

ニホン語から
アメリカ語へ

交差点に立つ若い男子たちは美しい
背が高くて手足が長くて
肌の色はいろいろでも
産毛が朝日に輝いて
さわさわ胸がときめく
明日　会ったら
自分の方から挨拶してみようか

アメリカ語から

無限大へ
あなたを
わたしを
アイシテイル

＊「テネシー・ワルツ」の歌詞より一行引用。
＊斜体の英文はニューヨーク大学付属語学学校 creative writing（文章創作）の授業で書いた著者による以下の英詩二篇より引用。

McDonald's/Africa

Clapped the lid of a garbage box in McDonald's.
I threw away a plastic cup, some broken pieces of ice, some paper napkins,

and a straw.
I was very scared the moment I threw them out
Feeling I threw out with something other important things
Thought I have no important things.

I have no important things about me here.
In McDonald's.
I was carried away by the sudden impulse to rush my arm into the garbage box
To look for some of my important things because of
Coming back to hear I clapped the lid in my ears any number of times.
In spite of it there were no important things in the garbage box for me.
I wanted to rush my arm into the garbage box like the homeless.
Oh, I was homeless.
At the large desert in a big peninsula
Around Africa.
Sometimes I met a group of wild camels like a mirage.
They walked through my body mumbling something.
Mumbling something, I walked on the desert.

No, I was looking for my foods in the garbage mumbling and thinking something about desserts.
If I found leftovers, I would have all of them.
All of them I would vomit after that.
Under the blue sky, I was alone. I can not vomit myself.
I have no words to mumble.
I have no words here
Hearing far off the sound of grasses stirring with wind

In McDonald's, I heard the sound like the clapped lid of the garbage box.
It was the voice of store clerks echoed in the shop.
The voice vomited me, vomited me.
McDonald's vomited me.
Under the blue sky, I walked around in Manhattan
Far off the sound of grasses stirring with wind.
Like an empty bag which was given by the supermarket.
Like a balloon, I roll across somewhere but I didn't know where was here.
I liked my situation which is nothing, which is no important thing.

Around Africa, I would be traveling, maybe.
In a prairie,
I would drink rain, have something given by camels, giraffes, birds, rats.
They went through my body.
People went through my body.
Rolling, rolling, under the blue sky, in the big city.
In a prairie,
Rolling, rolling, on the grasses
In the city like shimmering glass.
I wanna speak something with somebody loudly
In the city.
With a lot of spoken words my body would be filled.
Under the blue sky
Like sweet desserts I desire to speak words!

（マクドナルド／アフリカ

パタン！　マクドナルドでゴミ箱の蓋が音を発《た》て
わたしは投げ入れた
プラスチックのコップや砕かれた氷のかけらや、紙ナプキン、そしてストローを
とても怖かった 何か大切なものを一緒に捨ててしまったみたいで
大切なものなんて何もないのに

ここには
わたしの大切なものなんか何もないのに
マクドナルドで
パタン！　と蓋を閉じた音が何度も耳の中で繰り返され
咄嗟にゴミ箱に手を突っ込んだ　何か大切なものを探そうとして
ゴミ箱の中になんかわたしの大切なものはないのに
まるでホームレスみたいに　わたしはゴミ箱に腕を突っ込んだのだあわてて
そうだ、わたしはホームレスだ
アフリカあたり
大きな半島の広い砂漠地帯で

幻影のような駱駝の群れに出会った
駱駝たちは何かぶつぶつ言いながらわたしのからだをすり抜けていった
何かぶつぶつ言いながら　わたしは砂漠地帯を歩いていたのだ
ちがう、わたしはゴミ箱を漁っていたのだぶつぶつ言いながら
甘いデザートのことを想いながら
もしもわたしが残飯を見つけたら　ぜんぶ食べるだろう
そのあと吐くだろう　ぜんぶ
青い空の下　わたしは一人だ　自分を吐き出せない
ぶつぶつ言う言葉もない
ここにはわたしの言葉がない
風に靡く草の音を聞きながら

マクドナルドで　パタン！　とゴミ箱の蓋が音を発《た》てるのを聞いた
それは店の中に反響する店員の声だった
声はわたしを吐き出した　わたしを吐き出したのだった
マクドナルドはわたしを吐き出した
青い空の下　わたしはマンハッタンを歩き回っていた
風に靡く草の音を遠くに聞きながら

スーパーマーケットでもらう空っぽのビニル袋みたいに
風船みたいに　転がっているのだ　ここがどこなのかもわからず
何もない　何も大切なものがないこの状況が好きだった

アフリカあたり　おそらくわたしは旅をしているのだろう
平原で　雨を呑む
駱駝、キリン、鳥たち、鼠たちからもらって食べる
みんなわたしのからだをすり抜けていく
人々はわたしのからだをすり抜けていく
大都市の　青い空の下　転がりながら　転がりながら
平原で
草の上を　転がりながら　転がりながら
煌めくガラスのようなこの都会で
わたしは誰かと大声で話したいのだよ
この大きな街で
人々の話し声はわたしのからだいっぱいに満ちあふれ
青い空の下
甘いデザートのようにわたしは言葉を渇望する）

Zero Wants Infinity

After something sad, something bad, something scary,
I always have much food. Also today I had
Two packs of sushi with a bowl of noodles but my
Stomach was never satisfied and desired food more and more.
This morning I watched The World Trade Center Cross on TV.
It was put in the museum which is under construction.
I went there first being led by it
Which was impossible to see now.
I couldn't go there for a long time because I was scared to see the reality.
I went there first being led by it.

After having two packs of sushi with a bowl of noodles
I went down the subway like a cave
Thinking a lot of black particles would come here and shut up
Pregnant women, children, the elderly, businessmen, bank clerks,
Who were running

From the big explosion.

In the darkness I was just wondering if my bag was OK because it was
A present from my husband and I noticed I had only one handle on it.
In the darkness I remembered my husband worked in that building.

Remembering when I saw the photos in the English newspaper in Japan.
Many people were falling down from the big building.
I stared unbelievably at the view that people flew down like many Supermen.
I couldn't understand why people flew down like Supermen.
Those Supermen continued to wear suits, shoes, ties,
Fluttering about the hems of jackets, ties were just like the cape of Superman.

My husband is never Superman.
If he were there, for example on the 97th floor, he would also fly.
They just fell down from higher floors without glass.

No choice what they should do.

In Japan, I watched the big building as it collapsed like a cream puff on the TV.
It was very difficult to understand that each person lived there
And ran around this way and was trying to escape from the darkness,
A lot of particles, and fire.
Even that moment
Actually
I was just watching it on the TV but I ought to know it.
There were thousands of people who had fought for their lives and deaths.
The view of the explosion made such an awful impression on me that I hadn't afforded to think about each person who lived there
Far from New York,
In Tokyo,
I was just scared staring at people who were Supermen in the photo.

Far from Tokyo,
In New York,
I saw the photo in which people were standing by holding a pillar

On the higher floor like a cliff
With terror, despair, desire, hope to live.
I trembled to see the photo.
That moment
Madly people would want to live madly.
I heard various shrieks with huge fear, despair, desire, hope to live.
I trembled, only trembled with huge terror.

In the dark cave, I couldn't breathe and had just the handle of the bag
Hearing people call someone to help.

The train didn't come easily.
I wanted to telephone my husband but it was impossible.
Horrible hot air attacked me.
That moment
I lost my stomach which was never satisfied, I also lost my body.
Of course I lost my bag handle.

In the subway
My stomach was very painful.
I also had a horrible headache
Like zero where I saw.

The World Trade Center Cross led me there.
The World Trade Center Cross led me there.
And it said to me
Zero wants to become 1 and 2 and 3 ....and ...infinity.

After coming back to my apartment I telephoned my husband after a long time in Japan.

（ゼロは無限大を欲する

何か悲しかったり、何か厭なことがあったり、何か怖いことがあったりすると
わたしはいつも食べ過ぎてしまうのだ　今日もまた
寿司弁当を二人前にうどんをどんぶり一杯食べてしまったのに
お腹がちっともいっぱいにならなくてもっともっと食べたかった

今朝　ＴＶで建設中の博物館に収納される
ワールドトレードセンターの巨大十字架を見た
それはすでに見ることはできなかったけど
わたしは初めて仮説博物館に出掛けた巨大十字架に導かれて
長い間そこには行けなかった　現実を見るのが怖くて
わたしは初めてそこに行ったのだ巨大十字架に導かれて

寿司弁当を二人前とうどんをどんぶり一杯食べた後
洞窟のような地下鉄に降りて行った
たくさんの黒い粉塵は　大爆発から逃げていた
妊婦、子ども、老人、ビジネスマン、銀行員、たちを
閉じ込めたのだろうと考えながら

暗闇の中で心配していたのはわたしのバッグが無事かどうかだけだった
夫からのプレゼントだったから気がつくとわたしはバッグの手提げ紐だけを握っていた
暗闇の中でわたしは夫があのビルで働いているのを思い出した

思い出したわたしは日本で英字新聞の写真を見たのを

多くの人が巨大なビルから落下していた
わたしは信じられない気持ちで
スーパーマンみたいに飛び墜ちていく人々を凝視した
人々がなぜスーパーマンのように飛び墜ちているのか理解できなかった
スーパーマンたちはスーツや靴やネクタイを身に着けたままで
上着やネクタイをマントのようにひらひらさせていた
わたしの夫はスーパーマンではない
たとえば九十七階　もし彼がそこにいたとしたらやはり飛び墜ちていただろう
人々はガラスのない高層階からただ飛び墜ちたのだ

選択肢はなかった

日本で　わたしはTVを見ていた
大きなビルがシュークリームのように崩壊するのを
その瞬間でさえ　生きた人々が
粉塵や炎、暗闇から逃れようと駆け回っていたということを想像するまで
考えが及ばなかった
崩壊するビルをTVでぼんやり見ていただけだった

知るべきだったのに
数千の人々が生と死の間で戦っていたのだ
ビルが崩壊するその映像は恐ろしいものだった
それぞれの人々がそこに生きていたということを
わたしに考える余裕を与えないほど
ニューヨークから遠く東京で
わたしはただ怖かった
写真の中の多くのスーパーマンになった人々を見つめていた

東京から遠く
ニューヨークで
恐怖、絶望、願い、生きる望みとともに
断崖のような高層階で
人々が柱に捕まって立っている写真を見た
そのとき　人々は
狂おしく　生きることを望んだだろう狂おしく
恐怖、絶望、願い、生きる望み、とともに発した金切り声が聞こえてきて
わたしは震えた　ただ震えた　恐ろしくて

暗い洞窟の中で　わたしは息もできずにただバッグの手提げ紐を握っていた
人々が助けを求める声を聴きながら

電車はすぐには来なかった
わたしは夫に電話をしたかったのにできなかった
激しい熱風がわたしに襲いかかり
その瞬間
わたしは決して満腹にならない胃袋を失った身体を失った
バッグの手提げ紐を失った

地下鉄の中で
わたしの胃袋は酷く痛み
恐ろしい頭痛に襲われた
まるでさっき見てきたグラウンドゼロのように

ワールドトレードセンタークロスがわたしをそこに導いた
ワールドトレードセンタークロスがわたしをそこに導いて

わたしに言った
ゼロは1になり……2になり……3になり……そして……無限大になることを欲すると
アパートに帰るとわたしは久しぶりに日本にいる夫に電話をした）

Frog's Fallopian Tubes*

You know? I'm an egg.

Since I was born, I have been connecting with my many siblings. We always talked about the day we would hatch silently. We didn't know what would happen after that. But we had known our mother was a frog. We remembered mother's fallopian tube like a slide and ovary or like a warm balloon.

You know? I and my sibling were connected hand in hand with the tube made of jelly. We also talked about what a frog was with each other but nobody knew that sort of thing.

Someone said we would be like a spindle shape which we would go thorough and leave beside us. Someone said we would be like swaying green in the water. And someone said we would be something like a flying black shape out of the water. But nobody knew what we would be.

You know? I had been so sad to separate from the fallopian tube and I was so scared to separate from my many siblings. I know I will be alone. No mother, no tube, no siblings. I was sad sad sad sad sad sad.......we were sad sad sad sad sad sad.......

You know? We were moving in the water together like strange lives. We were laughing with each other seeing ugly strange shapes. We were moving together laughing ....laughing.... and we began to swim laughing....laughing....laughing.... and we became swimmers.

You know? My siblings had legs and went up out of the water one after another saying goodbye....goodbye....goodbye....goodbye......goodbye...one after another....one after another ......

You know? I know I didn't go out of the water. You know? I don't know why I didn't go out of the water. Here water was warmer…warmer…warmer…and very much hotter……hotter…hotter…hotter……hotter……

You know? At last the water vanished away…yes…vanished away……
You know? I also vanished away. But I became free. Yes, I'm free.
You know? I'm in the air on the water. Maybe, in the sky.
I am the eye of the sky.

And you know? I'm staying with various forms of lives here.
They are eyes of the sky. Of course I met my siblings here too. And you know?
We will go to the frog's fallopian tubes as many eyes.
You know? Frog's eggs are eyes.
You know? Eggs are eyes. Eggs are always looking at you in the water. Be careful if you saw frog's eggs in spring because they were eyes. And there are many eyes in the world.

You know? Never forget frog's fallopian tubes.

（蛙の卵管

ねぇ、僕は卵だ。


生まれてから僕はたくさんの兄弟たちと繋がっていたんだ。僕たちは自分たちが孵化する日のことを話し合っていた静かに。その後何が起こるのか僕たちにはわからなかった。僕たちのママが蛙だってことは知っていたけど。

僕たちは覚えている滑り台みたいな卵巣にも似た温かい風船みたいなママの卵管を。


ねぇ、僕と兄弟たちはゼリー状の管の中で手を繋いでいたんだ蛙ってどんなものなんだろうなんて話しながら誰もそんなもの知らなかったけど。

誰かが言ってた僕たちは通り抜けて去っていく紡錘形みたいなものになるって。

誰かが言ってた僕たちは水の中で揺れる青草になるって。

誰かが言ってた僕たちは水の中を出て飛ぶ黒い形のものになるって。

でも誰も僕たちがどんなふうになるのかは知らなかったんだ。

ねぇ、僕はママの卵管から離れてしまったのがすごく悲しかった。それからたくさんの兄弟たちと別れるのが本当に怖かった。僕はそのうちほんとにひとりぼっちになるのは知ってたよ。ママもいない、管もない、兄弟もいなくなるってことを。

僕は悲しくて悲しくて悲しくて悲しくて悲しかったよ……

僕たちは悲しくて悲しくて悲しくて悲しくて悲しくて悲しかったよ……


ねぇ、僕たちはまるで奇妙な生き物みたいに水の中を蠢き回っていたよ。

お互いの醜い恰好を見て笑い合っていたよ。

僕たちは一緒に蠢き回ったよ笑いながら笑いながら笑いながら。

それから泳ぎ始めたよ笑いながら笑いながら笑いながら。

それから本物のスイマーになったんだ。


ねぇ、兄弟たちには足が生えてきてそれから次々に水の外に出て行っちゃった。

さようなら…さようなら…さようなら…さようなら…さようなら…って言いながら。

次々に。


ねぇ、僕は水の外には出て行かなかった。どうしてかはわからないけど。

ここの水はだんだん温かく温かく温かくなってそれから。

すごく熱く熱く熱く熱く熱く熱くなって……


ねぇ、とうとう水は無くなっちゃった。そう。無くなっちゃったんだよ。

ねぇ、僕も無くなっちゃったんだ。でも自由になったよ。うん。僕は自由なんだ。

ねぇ、僕は水の上の空中にいる。たぶん、空にいる。

僕は空に浮かぶ眼だ。


ねぇ、僕はここでいろんな姿形をした命と一緒にいるよ。そのいろいろなものはね。空に浮かぶたくさんの眼なんだ。もちろん僕はここでもたくさんの兄弟たちに会った。それからね。

僕たちはたくさんの眼として蛙の卵管に入っていく。

ねぇ、蛙の卵は眼なんだ。

そう、卵は眼だ。眼はいつも水の中できみを見ている。

もし春に水の中に蛙の卵を見たらそれはきみを見ているってことに気が付いて。

ねぇ、世界にはたくさんの眼がある。

ねぇ、蛙の卵管のことはぜったいに忘れちゃだめだよ。）

＊　＊　＊

frog's fallopian tubes（蛙の卵管）
フェイスブックに
唐突にポストされた言葉を掬い取る
初めてのアメリカ語の詩は
タイトルから始まった

You know? Frog's eggs are eyes.
（ねぇ、蛙の卵は眼だ）
Eggs are always looking at you in the water.
（卵はいつも水の中からきみを見ている）

そうだった
幼い頃
田圃の隅に

とぐろを巻く透明な卵塊をよく見た
無数の黒い眼を見かけるたびに
ものすごく恐ろしかった

アメリカ語に四苦八苦して
内容は単純そのもの
卵から孵った蛙の兄弟たちがみな水から出て行き
自分は干からびて空に行く
やがて空で兄弟たちと再会し
春に再びfrog's fallopian tubesから生まれ出るというお話
循環するお話

きょう
creative writing の授業で
マーク先生は
とてもよい詩だ、と褒めた後で

実はまったくわからないのだ
輪廻転生ということが……
キリスト教では
死は完全に終わってしまうことだから
穏やかに微笑みながら言った

I understand you but I believe in reincarnation because I'm affected by Buddhism.
（わかります。でも、わたしは仏教の影響を受けており生まれ変わりを信じています）

Really?　（ほんとかな）
自分に問い返す

マーク先生はよく言う
自分はエジプト人とポーランド人の
血が混じってると
誇らしげに

You know? Frog's eggs are eyes.
(ねぇ、蛙の卵は眼だ)
Eggs are always looking at you in the water.
(卵はいつも水の中からきみを見ている)

田圃で蛙の卵塊を見かけるたびに
怖くなって走って家に帰ったあの頃
河岸段丘の底の小さな集落から
斜面に沿った急な坂道を登って
山の上の町に行き
そこをさらに横切って西に歩き
教会のある幼稚園に通った
礼拝の日は入口で神父様の前でひざまづき
パンを口に入れてもらったのだ

マーク先生
I'm sure you notice them.
（あなたは気が付いている）

百キロ以上はある巨体をジャンプさせながら
物語や単語の説明をするマーク先生
とても尊敬しています
エジプト人とポーランド人の血が混じっているあなただからこそ
たくさんの眼については知っていると思います

And there are many eyes in the world
（世界にはたくさんの眼がある）

幼い頃
いつも誰かに監視されているように感じていたんだ
小さな集落や教会のある町はわたしを縛りつけるたくさんの眼だった

強い結束が絡み合った大きな家族のようだった

ギプスをした悪い足でピノッキオのようにトッコントッコン坂道を下っていると
夕食の買い物を済ませた女の人たちの「女の子なのにね」と噂する声が聞こえた
集落がダムの底に沈み教会のある町で暮らし始めたとたん父が事業に失敗し
真新しい家の玄関で毎日のように響く借金取りの怒声は町中の関心の的になっていた

ずっと人の眼が怖かった
いや、自分の眼だ
人の眼は自分の眼だ
とてつもなく深く捻じれたコンプレックスの闇だ

By the way, why did you choose frog's fallopian tubes?
(ところで、なぜあなたは「蛙の卵管」を選んだのですか)
I found the words on the Internet by chance and had inspiration.
(インターネットでこの言葉を偶然に見つけてひらめいたんです)

I think the universe is full of frogspawn, twisted, entangled.
（宇宙はたくさんの捻じれ絡まった蛙の卵塊みたいなものではないでしょうか）
I think frogspawn has a lot of eyes watching me and they are also my eyes
watching myself.
（卵塊はわたしを監視するたくさんの眼です。たくさんの眼はわたし自身をも監視する
自分の眼です）

教会の幼稚園の床にひざまづいて
わたしは毎朝毎昼毎夕祈りました胸で十字を切りました
「天にましますわれらの父よみなのとうとまれんことを
みくにのきたらんことを……」
幼稚園に行かない朝は
お仏壇にお線香をあげて拝みました
「きょうも一日わたしをお守りください」

I think the universe is filled of frogspawn, twisted, entangled.
（宇宙はたくさんの捻じれ絡まった蛙の卵塊みたいなものではないでしょうか）

マーク先生
あなたはたくさんの眼に気づいているはず
（I'm sure you notice them.）
綺麗は汚い、汚いは綺麗、そんな眼です
（Those eyes are such that fair is foul and foul is fair）

今このニューヨークには
わたしを見るたくさんの眼はどこにもない

I'm free here!
（わたしはここでは自由です！）

Oh My God! Frog's fallopian tubes are Chinese dessert ingredients!

（なぁんだ！　それはチュウゴクのデザートの食材だよ！）

教室中にどっと笑いが起こった
チュウゴク人もフランス人もカンコク人もイタリア人もニホン人も
みんな笑った
教室が渦になった

You know?
We were moving in the water together.
We were laughing with each other.
We began to swim laughing, laughing, laughing……
（ねぇ、
僕たちは一緒に水の中に出て行った
僕たちはお互いに笑い合っていた
僕たちは泳ぎ始めた笑いながら笑いながら笑いながら……）

Let's go to Chinatown tomorrow!
（明日はチャイナタウンに行こう）
frog's fallopian tubes を食べるのだ

チャイナタウンで
わたしの中のたくさんの眼も
一緒に
食べてしまおう

＊冒頭の英詩はニューヨーク大学付属語学学校 creative writing（文章創作）の授業で書いた著者による英詩。本文の斜体英文はそこから引用。
＊文中 Fair is foul and foul is fair（綺麗は汚い、汚いは綺麗）はシェイクスピアの『マクベス』より引用。

闇が傷になって眼を開く

平日の午後
アッパーイーストのデパートに買い物に出掛けた帰り
五十九丁目の地下鉄ホームで電車を待っていた
買ったばかりのシーツの入った重たい紙袋を提げて
ぼんやり立っていた
とつぜん早口のアナウンスが流れ
連続殺人犯が地下鉄を乗り継いで逃走中だと告げる
ちょうど滑り込んできた電車に
他の乗客とともに乗り込む
ばったり犯人に出くわしたら運が悪いだけ

わたしたちは　わたしは
いつ血まみれになって殺されても不思議ではないのに
恐怖に顔をひきつらせて
あるいは何事も起きていないかのように　素知らぬ顔で
電車に揺られていた

電車は
追いかけているのか
追いかけられているのか
殺人犯を　殺人犯に
わたしたちは　わたしは

殺《や》るぞぉ！　殺《や》ってやるぞぉっ！　と夜遅くになって父が
一升瓶を振り上げて　ふたりだけしかいない母屋の廊下を追いかけてきたのは
大人になってからのことだった
父に代わって社長だった母も亡くなり

もう赤字続きの商売を閉じてほしいと懇願したときのこと
逃げ場を失い咄嗟に
警察に電話するから！　と叫んだら
父は　ふいに肩を落とし
一升瓶を脇に置いて
茶の間でテレビを見始めた
なによりも体裁を重んじる人なのだ
父は代々続く家を父の代で潰すのがひたすら恐ろしかったのだろう
もうとっくに潰れたも同然なのに

グランドセントラル駅で下車すると
いつものように　改札口で
ピストルを脇に挿した警察官が所持品の検査をしていた
コンコースでは
迷彩服の兵士たちが随所に立ち
無表情で銃を構えていた

いつものように

アパートに帰り
備え付けのベッドに買ったばかりの赤いシーツをかけながら
NY1《ワン》のテレビニュースを見ると
タイムズスクエア駅の構内で犯人が捕まったと報じられていた
わたしの部屋から歩いて十分のところ
遠くで起こった血まみれの連続殺人事件は自宅近くまでやってきていた
シーツの皺を手で伸ばしながらわたしは
わたしの血まみれの思い出を
広げていた

小学生だった朝
妹が犬のように縄で縛られて池の中に座らせられていた
血のような涙を流して泣いていた
夏休みの宿題をまだ終えていないお仕置きだと

父は縄の端を持ちながら
池の縁に立って笑っていた
生家が人造湖の底に沈み
「水没者」と呼ばれるようになってから父は
均衡を失い
這い上がろうと藻掻けば藻掻くほど
明るく前のめりなキャピタリズムの餌食になるばかりだった
わたしは
どうしたらいいのかわからなくて
茫然として見ていた
あのとき
もしわたしが銃を持っていたら
銃を
持っていたら
父を撃っただろうかわたしは
無表情でわたしは

撃ったのだろうか……

二週間前の早朝
打ち上げ花火のような音で目が覚めた
一時間後のニュースで発砲音だったと知った
アパートのすぐそばで殺人事件が起きたのだ
居合わせた大柄のゲイの男が興奮気味にカメラに向かって喋っていた
近くのファーマシーの化粧品売り場でよく見かける人だった
それでも日常は続き
事件のことはすぐに忘れて
学校に出かけた

夜中に
父の怒鳴り声がした
からだを叩きつけるような鈍い音が二階まで聞こえ
ぎゃあぁぁあぁ、殺されるうっ！　という

母の叫び声が家じゅうに響いていた
あのときも
わたしは小学生だった
走って行って母を助けるべきだったのにわたしは
人形のように身を固くして
息を潜め布団を被って隠れていたのだわたしは
翌朝　台所に立つ母の背中におそるおそる
だいじょうぶ？　って聞くと
振り向いた母の顔は痣だらけのお岩さんのようで
ボクシングでボコボコにされて鼻血の噴き出した選手のようだった
箒の柄でからだじゅうを何度も殴られたと
力なく言った
ブラウスの袖口から出ていた腕も痣だらけで
ところどころミミズのように腫れあがっていた
あのとき
もしわたしが銃を持っていたら

銃を持っていたら
父を撃っただろうかわたしは
無表情でわたしは
撃ったのだろうか……

撃たなかった
かもしれないのだ
父を
わたしは
自分の命を守るためだけにわたしは
先に弱い者を撃ったのかもしれないのだわたしは
わたしはわたしはわたしは

通っている語学学校は
歴史的な建造物のウルワースビルの一角にあり
そこで勉強してるなんて　鼻が高い

ただし華麗な装飾が施されたエントランスを通り越した脇に
学生専用の入り口はある
中は現代そのもの
水色の絨毯が基調の教室は清潔で明るい
どの教室もガラス張りのドアから中の様子が見えるようになっている
プレゼンテーションで母国の歴史的な一場面を発表するとき
チュウゴク人の留学生は南京大虐殺を取り上げた
数々の残虐な映像がスクリーンに映し出され
わたしは　たったひとりそこにいるニホン人として
顔を上げることができずに　居場所を失い
休み時間に
ひとりのニホン人として謝りたいと伝えるのが精一杯だった
宗教や習慣の行き違い
出身国がからむ国際関係から
一触即発の事態は
教室の中でも起こりうる日々

新しい赤いシーツの皺を
伸ばし
伸ばしながら
広げる広がってしまう
わたしの
血まみれの思い出……

就職した総合商社を八か月で辞めて
貯金をもとに父の嫌がる公務員の試験勉強を始めた頃
父は失望のあまり　しつこく罵った
よー、知ってんかぁ、おめぇみてぇなのをよぉ、人生の落伍者ってゆーんだ、
この人生の落伍者！
失敗したら次は何を言われるのかが怖ろしくて
プレッシャーで体重が三十八キロになっていた
あんた人のこと言えんのかっ、家族ほおって長い間どこ行ってたんだ！

震えながら全身で口ごたえすると
さらに逆上して髪の毛を鷲摑んできた
親に向かって生意気な口ききやがって！
ばかやろー、出てけっ！　このやろー、おめぇみてぇなバカ見たこたねぇや！
あのときも
壁に後頭部を何度も打ちつけられた
腕や肩に父の指の跡が痣になっていくつも残った
父の手に
抜けたわたしの髪の毛がどさっと海藻みたいに絡み付いていた
試験に受かったら次は
この家からいちばん遠い場所に行ってやる、と思っていた
父は父で
繰り返し商売に失敗した挙句の果て
代々受け継がれた土地を失っていくばかりで
自身の体裁を繕うこともできなくなって地獄を見ていたのかもしれない
幼年期　わたしは父の笑顔しか覚えていないのに

穏やかで優しくて柔道が強くて勇気のある父だったのに……
わたしはわたしで
自分を生きている価値のない人間だと思わずにはいられなくて
ほんとうは　毎日
死にたいと思っていた思い続けてきた
枕元に父の工具箱から盗み出した大きなスパナを置いて眠っていたのは
むしろ殺して欲しかったのかもしれない

ついこのまえ
ウサマ・ビン・ラディンが暗殺されたというニュースが
全米に速報で流れアメリカ人を歓喜させたが
人が殺されて歓喜するという思考に戸惑った
眼には眼を　歯には歯を
その悪循環でしかない現実に
タイムズスクエアに近いアパートには
夜中までＵＳＡ！　ＵＳＡ！　という群衆の歓声が聞こえ続け

外国人のわたしは深い恐怖に陥った

チキュウの裏側の
老人施設で怒りと苦しみと重圧から解放された父が
赤ん坊になって
ぼんやりと昼食を与えられている時間
わたしはベッドにもぐりこむ
枕元には
もう武器は置かない
銃を持つ自由さえあるこの国で
わたしには必要がない
のだ
けれど

わたしがもし銃を持っていたら
わたしはどっちを撃つだろう

自分よりも強い者か
自分よりも弱い者か

闇が傷になって眼を開く
瞬く　渦巻く

ああ
チキュウは　まるい
まるいんだなぁ

いとおしい父よ　いとおしい母よ　いとおしい家族よ　わたしよ

眼にはブルーベリー
歯には緑の葉っぱ
を

DAYS／スパイス

冬の夜遅く
メキシコ料理屋でホモセクシャルやゲイやトランスジェンダーの人たちが
集まるパーティがあるから行かない？
とてもいい人たちなの、
メキシコ系の女友達に誘われてユニオンスクエア近くの店までついて行った
女友達もわたしもレズビアンではないしふつうにストレートな女で
ファフィータやタコス、チリコンカン、ポソレスープなんかを
老舗のメキシコ料理屋で食べられるなんてまたとないチャンスというわけだ
大きな丸テーブルを囲んで男や女が十人以上いたメキシコ系が多かった
ホモだろうがレズだろうがゲイだろうがトランスジェンダーだろうが
わたしにはどうでもよいことだ

遠いニホンからやって来てアメリカ語の勉強を始めたばかりの
言葉の不自由な女にも親切にしてくれればそれで十分だ
予想通りどの人も穏やかな笑顔でずっと前から知り合いだったみたいに話しかけてくれた
ゆっくりとした口調で
みんな色とりどりの光る三角形の帽子をかぶって楽しそうに話していたけど途中から
ほとんどスペイン語になったから音楽を聴くようにしながらわたしは黙々と
メキシコ料理を食べていたんだ
さほど辛くもない適度な量のスパイスの味はわたしの好みだった
アボガドやトマトや大豆がたっぷり入っているところもうれしかった
アメリカは野菜が高くてここのところあまり食べていないのだ
料理が終わると女友達に誘われて二階のダンスホールに行った
階段を上がり終わったら急にアップテンポの曲が始まり
もともとダンサーの彼女はカクテルを頼むのもそこそこに
めまぐるしく交差する赤や黄色や青や白のライトの下で
ここぞとばかりに気持ちよさそうに全身を躍動させて踊り始め
わたしはあっという間に彼女を見失った

鋭い線状のライトは暗闇の中を高速でくるくる回り交差して
人の姿がいっしゅん部分的に照らし出されるだけだから
わたしは彼女を探すのはやめて
窓際のテーブルでマルガリータをストローでちびちび吸い上げていた
スパイスの味が口の中にまだ残っていて
もう一杯頼もうと小さなランプの下がったカウンターの前に佇んでいると
音楽が急にスローになり肩幅が広くて胸の厚い男の腕に肘を引っぱられた
ちらっと見えた大柄の男の横顔は浅黒いメキシコ系だった
顔を見たのはそのときだけだった
手をとって一緒に踊ろうというしぐさをしたかと思うと
すでにわたしの身体は男の分厚い胸や太い腕に抱きすくめられ
マリオネットのように男と一緒に踊っていた
赤や黄色や青や白の線状のライトも音楽のテンポに合わせてスローな動きになっていた
悪い気分ではなかったボタンの留められていない男の上着が
大きな翼のようにわたしの細い身体をくるみむしろすっかり安堵していた
留学生活はまるで薄氷の上を歩くみたいに冷や汗の連続だから

スパイシーな体臭さえも心地良くわたしの鼻を満足させた
男がとても自然にわたしをリードしたのでわたしはダンスなんかしたことはないのに
導かれるまま赤や黄色や青や白の線状のライトがくるくる回り交差する中で
てきとうに足を動かしてさえいればよかった
傍から見たら果たしてそれがダンスのような動きになっていたのかどうかもあやしいが
この暗闇に紛れ誰からもわたしたちのことなんて見えやしないからなんとも思わなかった
わたしは細い指先を男のセーターの下から背中にすべり込ませ掌を広げて
身体が動くたびに男の背中を上から引っ搔くように移動させた
ちょうど小鳥が雪道に足跡をつけていくように
男はしばらくわたしの黒髪の上にざらざらした頬をくっつけたままだった
わたしは指先に弛んだ男の贅肉を見つけてちょっとだけ摘んでみた衝動的に
いつのまにか目を閉じていたはじめから目は閉じていたのかもしれない
それから男はわたしの唇に唇を押しあててきた
すごく柔らかい唇だった厚くて少し湿った唇はわたしの唇のうえを蠕動し
何年も前からわたしたちは恋人同士だったかのように自然に口づけをしながら
男の大きな懐に自分の身体をまかせていた

両方の掌を男の肌にぴったりあてたまま
男がそっとわたしの口の中に舌をすべり込ませてきても自然に受け入れた
男はわたしの舌をも尊重するかのような人格のある舌をゆっくりと動かし舌と舌は
うっとりと絡み合いつづけ時がたつことなんかすっかり忘れていた
男はそれ以上のことはしなかったしわたしもそれだけでよかった
音楽のボリュームがだんだん小さくなりホールに薄明かりがつくと
わたしたちは何事もなかったかのように身体をひき離した
男の顔も見ずにわたしは黙って窓側のテーブルに戻った
ななめ横を見るとさっきの男らしいメキシコ系の大柄で肩幅の広い男が
ソファに腰を沈めて座っていた
おそらくあの男だ朝焼け色のカクテルを手にしている
薄明かりの下で見ると男は恰幅がよく上等なブレザーの前ボタンを留めないで着ている
髪は薄く少なくともわたしよりは二十歳か三十歳は年上のように見えた
妻と思われる白髪で頬に筋がたくさん入った高齢の女性と並んで座っていた
彼女の大きなターコイズのイヤリングが白髪の間からつるんと丸く出ていた
ふたりは言葉も交わさずにただ並んで座っているだけだった

わたしはぼんやりふたりを眺めていたがなんの感情もわかなかった
ねぇ、キスしていたでしょ？
ふいに女友達に聞かれて
うん、と答え
でも知らない人なの、
と言ってからわたしはまた赤くて濃いマルガリータを一杯飲んだ今度はストローなしで
男とわたしは互いの渇きを潤し合っただけなのだ
音楽がまたスローになる前にわたしたちは帰ることにしたホールが真っ暗になる前に
店を出てタクシーに乗る頃には
わたしは男のこともメキシコ料理の味もすっかり忘れていた
柔らかく蠕動する唇と人格をもったような舌の動きだけは覚えていた
あの背中はわたしの指先の感触を覚えているだろうか小鳥の足跡のような
忘れてもまったくかまやしないのだけど
タクシーの窓から線香花火のように過ぎる雪混じりの景色を眺めていた

言葉はボスポラス海峡を越えて

エドワードさん
人の距離は伸びたり縮んだりするのですね
場所や文化に限らず
扇状に広がる
時間や空間の狭間で……
あなたの考えをなぞろうとして
語学学校の教室で
予告なしに人が自分の領域に侵入してきたとき
わたしは悲鳴を上げて飛び退いたのでした
それは
文化とか場所とかでなく

わたし自身に由来する距離でした

Edward. T. Hall is a famous anthropologist who thinks that different cultures have different outlooks on time, space, and personal relationships. 有名な人類学者エドワード・T・ホールは、文化が異なると、時間、空間、人間関係に関する見解も異なってくると考える[*]。

NORIKO
子音に注意して
あなたのLはDに聞こえる
あなたのThはDaに聞こえる
必要のないときにNが入る

ダ（the）words　デム（them）selves ………
Edward T. Haドゥィズ a famous anドド po ド gist who ディ nks ……
ああ　何度練習しても

どうしてもDになってしまう
逃げ出したい言葉が限りなく頭に浮かぶ
逃げるな追いかけろ
追いかけろ！

Edward T. Haドゥィズ a famous anドドpoドgist whoディnks ……
ダッt diffeデンt cuドゥンtures have difeデンt ouドゥドゥooks ……

日曜日は一日
発音の練習で終わった
永遠に完成できそうもない課題を
時間ぎりぎりまで練習して
深夜　録音してメールで先生に送った
納得できないまま

別の深夜

走った
タクシーを探して
十二月の氷点下　寒くて暗い路地は
クレバスのように決裂し
今にも滑落しそうな絶壁のへりで
泣いていた

Hi, NORIKO！
知ッテタ？　アナタノ発音
イチバン酷イ　クラス　デ

ソーホーのタイ・レストランのパーティで
クラスメイトに開口一番にそう言われた
……あなただって、アクセントが強すぎる
わたしにはあなたの言葉がよくわからない……
同じアジア人の彼女に

そう言おうとして呑み込み
アドバイス　Daリガトウ
と笑顔で言ってから別のテーブルに移った
いじわる、咄嗟に思った
発音の成績はそれほど悪くはなかった　どの項目も五段階で四か三だった
別会計でメイン・ディッシュを二皿頼み
沈黙したまま一気に胃袋に収めてしまう

エドワードさん
片手をまっすぐ前に伸ばし
中指の先までの距離に他の誰かが入って来ると
わたしは悲鳴を上げてしまうのです
わたしはアジア人ですが
ヨーロッパ人でもありませんが
たとえば
みんなで鍋を囲んで

同じスープの中を他人が口をつけたチョップスティックスがうろちょろする
たとえば半分に割られた竹筒を流れ下る冷水の中のヌードルを
各自のチョップスティックスで摘みあげて口に入れるのを繰り返す
そういうことはできないのです

タイ・レストランのパーティには
タイ人はひとりも来なくて
アジア出身のクラスメイトが
突然にわたしの距離内に侵入して来たのです
彼女はわたしにジェラシーを抱いている
もしくは挑発して
からかってみたかった
そう思うことにした

隅のテーブルを囲み
トルコ人、カンコク人、コロンビア人、タイワン人、チリ人などの男の子たちが

親しそうに喋っていて
そこだけオレンジ色の炎が灯っているようだった
みんな知っている顔だった
写真を撮ってと言うので写した
メールで送るからと告げて
真夜中の路地に飛び出した

部屋で
小ぶりのクリスマスツリーにライトを灯して
明るいオレンジ色の点滅を見つめながら
つぶやく
Edward T. Haドゥィズ　a famous an ドド po ド gist who ディ nks ……
ダッ t diffe デン t　cu ドゥン tures　have dife デンド ou ドドゥ ooks ……
何度練習してもうまく発音できなくて
明け方まで泣いていた

絶望のクレバスを飛び越えなければ！
クレバスの断崖を飛び越えなければ！

Hi, NORIKO！
ブルックリン・ブリッジを渡っていたら
写真を送ったトルコ人とばったり会った
……急に帰国しなければならなくなった
……また、こっちに来られればいいね
ふたりの間にアクセントの強い言葉が往復し
会話はまるで穴埋め問題
ボスポラス海峡を跨ぐように
深く　きつく
ハグをし
……また会おうね
と約束した
春の

オレンジ色の芥子の花を思い出した

Edward. T. Haドゥ is a famous antドド pologist who thinks that different cuドゥ tures
have different out ドゥッ ks on time, space, and personal relationships. ……

飛び越えろ！
絶望のクレバスを
クレバスの断崖を
ボスポラス海峡を
追いかけろ！
飛び越えろ！

つまり結局
感情の問題ってこと

エドワードさん

人の距離は伸びたり縮んだりするのですね
扇状に広がる時間や空間の狭間で
言葉は
カラフルなお花畑のようなものではないでしょうか
そこをミツバチが飛んで
パッチワークをするみたいに
すき、とか　きらい、とか
かなしい、とか　うれしい、とか
感情を伝えてくれるのです

＊ニューヨーク大学付属語学学校で発音授業のテキストとして使われた資料より一部抜粋

花狂い　花鎮め

花鎮め
花鎮め

ねぇ、ソヒョン
人は
いくつになっても変わることができるのではないかしら

もう四月も下旬になりました
とつぜん雪が降る日もあるけど
ニューヨークはずいぶん暖かくなりました

わたしは　きょう
ひとりでサクラを観に来ています

ブルックリンのボタニカルガーデンのサクラは
染井吉野よりずっと濃いピンク色
ニホン贔屓のアメリカ人たちは
てらてらした合成繊維の着物もどきにサンダルやブーツで闊歩する
鬘をかぶり白塗りご高齢の舞妓さんはポックリまで履いて蛇の目傘

花狂い
花狂い

ねぇ、ソヒョン
わたしはまだしばらくニューヨークで勉強を続けます
まだ見たこともないわたし
誰も知らない何かになりたいのです

ソヒョン
今頃どうしているんだろう
春が来る前にカンコクに帰ってしまった
ニューヨークに来て初めて出来た友達だった
去年の春は一緒にワシントンＤＣに旅行に行ったのに
わたしたち
けんか別れしたまま……

わたしは　きょう
ひとりでサクラを観に来ています

花狂い　花狂い
鎮まぬ　鎮まぬ

初めて出来た外国人の友達だったのに

お互いに「ベストフレンド」って言い合っていたのに
寒くなったら
南の方に旅行しようねって約束していたのに
冬休み
急に連絡がとれなくなって心配していたら
彼女はチュウゴク人のボーイフレンドたちと
フロリダに行っていた
わたしに黙って

花鎮め
花鎮め

彼女とは初めてのクラスが同じだった
背が高くて痩せていて色白
上品に整った顔立ちで
ニューヨークの生活にはすでに慣れているようだった

みんなよりは年上だけど
わたしよりずっと年下だとわかっていた
わたしと友達になりたがっているとすぐに気がついた

「たまにはハングアウトしようよ」彼女が誘ってくれたとき
「ハングアウトって何？」わたしは辞書をあわてて引いたのだった

彼女はカンコク風の居酒屋にわたしを連れて行き
母国の家庭料理をいろいろ注文してくれた
「ひと月でも先に生まれた人にはオンニ（お姉さん）って呼ばなければならないの。ニューヨークに来てもカンコク人はわたしに気を遣うから疲れてしまう」
「ニホン人は仕事以外で会った人とは平等に付き合うのよ。だから、わたしには気を遣わないでね」

わたしたちは
電子辞書とスマホを使いながら

吶、吶、と
喋り合った
たぶんわたしが同じくらいの年齢だと思っていたのだろう
彼女がわたしの年齢を聞いたとき
「あなたよりもずっと上」とだけ言ったら
彼女が顔を一瞬くもらせたのを
わたしは見逃さなかった

夕方　六時頃になると
どちらからともなく電話をし合った
その日の出来事の感想を話しては
噂話や愚痴をこぼし合って外国暮らしのストレスを発散し合った
五番街のアバクロンビー&フィッチに行って
可愛いスカートやTシャツを買った
ソーホーやリトルイタリーでランチした
互いの部屋に呼び合ってパーティをした

美術館に行った
映画を観に行った
ジャズバーに行った
おいしいステーキ屋に行った
おしゃれなホテルのバーでカクテルを飲んだ
冗談を言い合っては
Crazy!　I'll kill you! って笑い合った

ブルックリンの詩の朗読会は夜九時から始まったのに
彼女はニューヨークの闇の危険と闘いながら聞きに来てくれた
カウンターでバーボンを傾けながら
あなたを誇りに思うわ、と笑った
誕生日の朝に
「NORIKO!　おめでとう！」と
イチゴのデコレーションケーキを教室に持ってきて
一時間目の授業の半分はわたしの誕生祝いになったっけ

前の晩に注文して早朝に店に寄ってから登校してきたのだ
満員電車に揺られながら教室まで……
ありがたかったけど
正直、内心ひどく戸惑っていた
大事な授業を勝手に潰しちゃうんだもの
ケーキの蠟燭に火を灯すために
授業の始まったクラスをあちこち回って
ふたりでライターを探さなければならなかったから
なんて計画性がないんだろうと怒りすら感じていた
お誕生日にケーキを買ってサプライズでプレゼントをするのは
カンコクの習慣だということは後でわかった
会社の始業直後でもよく行われることだと……
先生が何も言わなかったのはそれを知っていたからなのだろう

それでも　わたしは彼女を頼りにしていた

花鎮め
花鎮め

ニューヨークでの初めての冬休みは寒くて長くて
太陽がすぐに沈んでしまって
ひどい寂寥感に襲われた
彼女がもうすぐ帰国すると知ってたから
どこかへ一緒に行きたかった
やっと電話が繋がったとき
「心配してたんだよ！」叫ぶように言うと
「フロリダに旅行に行ってたの」弾んだ声で彼女は言った
「急に決まってしまったからNORIKOは誘いにくかった」とすまなそうだった
「なんで誘ってくれなかったの！」
わたしは込み上げる怒りをぶちまけた
お互いに泣きながら言い合った内容は
今はもう思い出せない

Crazy! も I'll kill you! も出なくて……

ずっと
行き違っていたのだ
いっぱい　いっぱい　行き違っていたのだ

花狂い
花狂い

レストランで食事をして支払うとき
ニホン風にその場で割り勘にするか
カンコク風に交互に支払いをするか
毎回もめていた
お互いの風習を捨てるのは
彼女も　わたしも
ものすごく難しくて

「部屋に帰ると宿題がやれないの」と彼女が言えば
「自分の部屋はスタディルームだと考えたほうがいいよ」真剣に忠告した
「ニューヨークの生活も楽しみたいのよ」彼女は困ったように言った
彼女は宿題をやってこないことがよくあったし
よく遅刻はするしスマホを一年で二つも失くすし
ラスベガスのカジノで千ドルもすってしまったと言うし
わたしはいつも彼女にハラハラさせられた
親に出してもらっているお金だから
そんなに簡単に遣えるのだと思ったけど
口には出さなかった

鎮まぬ
鎮まぬ

宿題をやらなくても

期末テストではいつも高得点をとる彼女がまぶしかった
ニューヨークで恋をしたいと目を輝かせる彼女がうらやましかった
わたしは恋なんて気持ちすっかりどこかに忘れてしまっているのに
ティーンエイジャーが着る洋服をかっこよく着こなす彼女は
いつも美しかった

「ごめん、この前は言い過ぎた」と謝ったとき
「こっちこそ、ごめんね。気にしてないよ」って言ってくれたけど
その後はわたしを避けるようになり
暮れに一度
食事に出掛けたきり
電話もなくなり
ニューヨークに春が来る前に
カンコクに帰ってしまった

ずっと

行き違っていたのだ
いっぱい　いっぱい　行き違っていたのだ

彼女はとても情が濃かった
彼女はどこかニホンの昭和時代の女のように奥ゆかしくて
晩生で純粋で恥ずかしがり屋なのに
ひどく気まぐれだから
わたしをいらいらさせた

ソヒョン
あなたもきっと
わたしにいらいらしてたんだよね
きっと　いつも

彼女にとって　わたしは
やっぱりオンニ（姉）だったのだろうか……？

わたしにとって　彼女は
やっぱりヨドンセン（妹）だったのだろうか……？
寂し過ぎた冬休み
わたしは彼女に怒りをぶちまけてしまってはいけなかったのかもしれない
彼女はわたしに恐怖さえ抱いたのかもしれない……

花鎮め
花鎮め

ねぇ、ソヒョン
人は
いくつになっても変わることができるのではないかしら

芝生の上で
ニンジャやサムライのコスプレをした一団が
ニホンのアニメを真似たポーズを繰り返している

舞うように　ゆっくりと

ブルックリン
ボタニカルガーデンのサクラ祭りは
似ているけど
どこにもないニホンが
繰り広げられている

舞うように　ゆっくりと
ひとり
アニメのキャラクターの間を縫って
あるく

サクラ
さ
くら

青いピクニックシートを敷いてお弁当を食べるアメリカの人々が
とおい
そこに
いるのに
とおい

ソヒョン
たぶん　わたし
うっとうしかったんだね
わたしたちは近づき過ぎた

ジャパニーズガーデンを過ぎると
広場に出る
見たこともない色や形の
無数のチューリップが
青空を仰いで開いている

ソヒョン
また　あなたに会いたい
会いたい

カンコクもニホンも
もうすぐ夏が始まる頃でしょう

ソヒョン
わたしはまだしばらくニューヨークで勉強を続けます
見たこともないわたしになろうと思います
誰も知らない何かに
なろうと
思います

ジャパニーズガーデンを背に

舞うように　ゆっくりと
あるく
出口に
向かって
夏よ
来い

クライスラー・バスタブ・クライスラー

朝
わたしは窓を開け
きょう初めての世界を見る
クライスラービルの先端が空を突き刺している
それから
昨夜の
バスタブの底に付いた
黒い靴跡を思い出す
外出中
顔も知らない男が
狭いバスタブの中を歩き回って

バカでかい黒い靴跡を付けてから
部屋を出て行った

今頃　トーキョーは　夜
ぼんぼりの灯のように
タワーがオレンジ色に燃えていたっけ

帰宅してすぐ
バスルームに入ると
バスタブの底に三十センチ以上はあろうかと思うほどの
大きな靴跡がいくつも付着していた
鍵はかかっていた
不動産屋に電話をすると
上の階で水回りのトラブルが発生し
わたしの部屋の水回りもチェックしたのだとか
油を含んだ黒い靴跡は

タワシで擦っても擦っても消えず
右手の爪が先に削れて割れた

割れた
壊れた
トーキョーの男とは
バラバラに、なった

あなたは　正しい
わたしは　正しい

ベッドカバーの上に靴を履いたまま
平気で寝そべるアメリカの人たちに言いました
ニホンでは
ベッドは完璧に清潔でなければなりません
だから

わたしたちは夜に入浴します
まずバスタブにからだを浸して皮膚をふやかします
バスタブの横の専用の洗い場で
垢を入念に洗い落とします
ベッドには
完璧に清潔なからだになって滑り込まねばならないのです
ベッドは
完璧に清潔でなければならないのです

部屋の中を土足で歩き回る
アメリカの人たちに言いました
それは
信じがたいほど不潔な行為です
その靴は外のあらゆる汚いものを踏んだ靴裏をもっています
部屋の中では靴を脱ぐべきです
床はとても清潔であり

裸足で歩いても　あしうらが汚れることはありません
部屋の中は外とは別の世界です
床は完璧に清潔でなければなりません

アメリカの人たちは
大変よい勉強になりましたと
お礼を言いました

何かが違っている

トーキョーの夜は
ぼんぼりの灯のように
タワーがオレンジ色に燃えていたっけ
トーキョーの男とは食い違ってばかりだった

黒い大きな靴跡は

削り落としても削り落としても
翌日にはまた新しい靴跡がいくつも付けられ
結局
顔も知らない男は
バスタブを一週間歩き続け
黒い靴跡を残し続けた

何かが食い違っている

四日目を過ぎる頃
わたしは
黒い靴跡を
平気で裸足で踏んで
シャワーを浴びるようになりました
見知らぬ男の靴跡を
かんぜんに

無視することに決めました
割れた　壊れた　トーキョーの男を
かんぜんに
削り落とすことに決めました

まだ会ったことのない
これから出会う男について想いました
その男のあしうらについて想うことにしました

黒い靴跡は
オレンジ色に燃えるあしうらになって
わたしのからだの中を這い上がりました
ぼんぼりでした
ぼんぼりの灯でした

シャワーの把手を握るわたしの手は

これから出会う男の性器を想いました
たぶん　そこは　とても温かい
ふたりでバスタブに浸かり
おたがいの出っ張ったり引っ込んだりしているであろう部分を
触れ合って　笑い合う
おさなごの
ように

バスタブはからだを綺麗に洗う場所です
トイレは排泄物を処理する場所です
その相反するふたつの行為を
同じひとつの部屋で行うことは考えられません
わたしはそのことも敢えて付け足しました

アメリカの人たちは
とてもよい勉強になりましたと

お礼を言いました

何かが違っている

朝
わたしは窓を開け
きょう初めての世界を見る
クライスラービルの先端が空を突き刺している
空がクライスラービルの先端を抱き込んでいる
三角屋根の鱗模様に朝陽が反射して
銀色に輝いている

クライスラービルの先端を
巨大なクロカジキが跳ねて海に飛び込む寸前の
尖った口先に譬えてみる
想念を反転させる

潮の匂いがする朝陽を浴びて
ようやく
わたしの肌が納得しました
垢を落とす行為と汚物を排泄する行為は同じことだ
ゆえにこれは合理的な部屋割りであると

割れない
壊れない
バラバラ、にならない
わたしたち

あなたは　正しいです
わたしは　正しいです

休日
ハドソン川がよく見える

古い美術館へ行ったことがある
はじめに
囚われた一角獣のタペストリーを見た
それから
惨殺された一角獣のタペストリーを見た

一角獣は獰猛な生き物であり
処女にだけは従順だと知って
鼻で笑ってしまう

誰にでも等しく獰猛であれ！

これから出会う男は
わたしたちは
おさなごの　ように
笑って　納得し合うだろう

わたしたちは
等しい
と

ふいに、
納得する
クライスラービルは一角獣だ
高層ビルの足元を歩くアメリカの人たちは
とてつもなく押しが強くて獰猛なのだ
わたしも　ここで
獰猛な獣になる

黒い靴跡　無数の
油を含んだ粘り気のある靴跡を
無視して
踏みつけて歩く

わたしは獰猛な獣だ
誰にでも
等しく
獰猛だ

Elephant in the room——象くんと一緒に

まさか真夜中
まさか勉強中に
ベッドが上から降ってくるなんて
イエ、イェイ、イェイ、

地震か？
いきなりベッドが揺れ出した
壁に収納できるマーフィーベッドってやつの
木枠が崩壊して
ベッド本体が頭の上に落っこちてきた！
イエ、イェイ、イェイ、ヘイ！

厚い岩盤の上にできた摩天楼の都市に地震は起きないはず
長年の使用によって
突如壊れたらしいマーフィーベッド
けがはしなかったけど精神的に大きな打撃を受けてしまった
ああ、これじゃ明日の単語テストもだめだなぁ
現況を写真に収めて不動産屋にメールで送った
へ、へイ、へーイ、

(このごろ詩を書こうとすると気分がハイになり鼻歌交りになってしまいます)

先生、このクラスに覚えられない人がいます!
巻き毛の可愛いフランス人男子が
茶目っ気たっぷりに先生に話しかける
先生は　I know, I know ………って笑顔で言ってるけど
Elephant in the room (部屋の中の象……誰もが知っているのに誰も触れない話題のこと)

ティーンエイジャーに混じった五十代のわたしはElephantそのもので
エイ単語の覚え方さえ忘れていた
文中の単語を緑のマーカーで塗って赤い下敷きをあてると見えなくなるグッズを思い出し
六番街のキノクニヤ・ニューヨーク店でゲットして
ようやく覚えられるようになったんだ
イエイ、イエイ、イエイ、ヘイ！

（あらら、どんどん楽しくなってきちゃった）

「脳にゴルフボールより大きいものができています
髄膜腫です
すでに石灰化していますが
とつぜん昏倒することがあるかもしれません」
四十代最後の日に偶然オトモダチになってしまった脳の中のヘンなモノ
へ、ヘイ、ヘーイ、イエイ！

「一人でいる時間をつくらないようにしてください」

ニホンでは夜十時になっても一人で仕事場に残っていたっけ
次の日の準備や雑務に追われ
医者の言うことはひとつも守れなかったけど
とつぜん昏倒することはないと確信して
三十年も続けた仕事を辞め
憧れだったマンハッタンでの一人暮らしを始めたのだった
イエイ、イエイ、イエイ、へイ！
（ここでわたしは片手を挙げてフラメンコダンサーの決めポーズ）

オーレ！

「エイ単語がぜんぜん覚えられないのは、頭にあるゴルフボールのせいですか？」
「そう思いたいのは人情ですがねぇ、ま、それはないでしょう（笑）

身体機能への影響は特にありません」

中学生の頃、地理が大好きだった
白地図に山脈や川や平野の名前を書き込んだその瞬間に
すべてを記憶できたわたしの脳みそ
ヘイ！　ヘイ！　ヘイ！　イェイ！

覚えられないのは
やっぱり年齢のせいか
緑のマーカーで消して文の前後から判断して覚えるやり方をようやく思い出したら
教科書の単語をほとんど緑で塗るハメになってしまった
：（コロン）と；（セミコロン）の違いがわからなくて
そこを指差しながら先生に質問したら
先生はいちめんの緑塗りに驚いて少し後じさりした
暗記用の「緑のマーカー&赤い下敷きセット」はニホン人しか使わないのかな
イェイ、イェイ、イェイ、ヘイ！

イディオムのレッスンでは
まいかい何十個も並んだプリントに大パニック！
意味を覚えて二人組でクイズを出し合いなさい、って
地獄でしょ
イエイ、イエイ、イエイ、ヘイ！
先生、わたし年寄りだから覚えられないんです！　若い人つけてください‼
ってことで、わたしのチームだけ二対一でやることに（笑）
Elephant は部屋中を占領している
ヘイ、ヘイ、ヘイ、イエイ！

「何が起こるかわからないので手術はできません」

ほんと
まさか真夜中
まさか勉強中に

ベッドが上から降ってくるなんて
イエイ、イエイ、イエイ、ヘイ！

ゴルフボールって言われてもピンとこなかったな
だってゴルフしたことないし
直径三センチ以上って言われて、ふーん、と思ったんだけどね
よく考えたら脳ってそんなに大きくないの
そこに三センチ以上の石灰化したモノが占領してるって
ガンマナイフも無理だって
あ、つまり
ゴルフボールはElephant化しているのだな
わたしの脳の中で
イエイ、イエイ、イエイ、ヘイ！

ま、そういうわけで
Elephant in the room は誰もが知っているのに誰も話題にしないっていうイディオムです

ティーンエイジャーの中の五十代、フィフティーズのわたしなのに
気持ちはすっかりティーンエイジャーになってしまって
昼休みに近くのレストランで外食したとき
急にソフトクリーム買って帰ろうということになり
結局十三人中八人がソフトクリーム持参で午後の授業に遅刻
座席についても
たらたら溶けるのをなめるのにむちゅう
それでも象は象
ティーンエイジャーに混じってフィフティーズのわたしは
実は耳の聞こえが悪く
どうしても聞き取れない音がある
へ、ヘイ、ヘイ、イェイ！

「何が起こるかわからないので手術はできません」

まさか

まさかね
五十代半ば過ぎてから語学留学するとは誰も予想してなかったでしょうが
わたしはずっとずっと前から決めていたんです
部屋の中の象 Elephant in the room

気持ちはすっかりティーンエイジャーになってしまって
脳の中の象くんと一緒に負けじ魂を発揮して
ガリ勉ひとすじ
（中学生のときガリ勉っていじめられてずいぶん自分を責めたことがあったなぁ……）
でも、わたしは勉強が大好きなんです
ここに来て
そんな自分でいいんだと思えるようになりました
そんな自分が大好きだと思えるようになりました
イェイ！
（ここでわたしはフラメンコダンサーの決めポーズ）

オーレ！

負けじ魂は
はげしいくちげんかに発展
どうでもいいことで泣きじゃくり
どうでもいいことで座席を奪い合い
どうでもいいことで笑いが止まらなくなったりし

負けじ魂フィフティーズは
毎日がいそがしい
毎日がばかみたい

単語テストの朝
あ、マーフィーベッドが上から降ってきた夜の翌日ね
ぎりぎりまで勉強して
遅刻しそうになってタクシーで学校に向かった

そのタクシーの中でも必死に暗記
タクシードライバーは
すっごく気持ち悪いモノ見ちゃったみたいな顔をしていた
結果はさんざん
覚えた単語のスペルが
タクシーの中で
ぜんぶ崩壊しちゃったの
イェイ、イェイ、イェイ、ヘイ!

そんでもって
マーフィーベッドは三日後にようやく修理してもらえました
「あの、いつごろから頭の中にあったのでしょうか?」
「神のみぞ知る。子どものときからあったのかもしれません」

つまり脳の中の象くんは

ずっとわたしと一緒です
ニューヨークタイムズを読むときも
スタバでコーヒーを飲むときも
修理してもらったマーフィーベッドの隅っこで
からだを丸めて眠るときも
連れて来た猫のミュウちゃんに餌をあげるときも
ヘイ！　ヘイ！　ヘイ！
（実はニューヨークへは猫だけでなく象も連れて来たってわけですよ）

そんでもって
月曜日から木曜日までは朝九時から午後三時まで語学学校
月曜日の放課後は市立図書館に映画のＤＶＤ三本を返却に行き別のを三本借ります
火曜日の放課後は家庭教師にアメリカ語の勉強をみてもらいます
水曜日の放課後は市立図書館に映画のＤＶＤ三本を返却に行き別のを三本借ります
木曜日の放課後はチュウゴク人の留学生にボランティアでニホン語を教えます
金曜日の午後は家庭教師にアメリカ語の勉強をみてもらいます

土曜日の夜は教会の聖書研究会に参加します（クリスチャンではありません）
日曜日の午後は学校の図書館で勉強します
イエイ、イエイ、イエイ！　ヘイ！

負けじ魂フィフティーズは
毎日がいそがしい
毎日がばかみたい
へ、ヘーイ、ヘーイ！

「あなたは何も気にしていないようですね
それでいいと思いますよ」

その通り
わたしは何も気にしてないんです
ずぅーっと先のことにちがいないけど

この命が終わって焼かれたとき
頭蓋骨の中から石灰化したゴルフボールが
ころん、と
転がり落ちてくるでしょう
ほらほら、これが、あのゴルフボールです
とかなんとか
誰かが説明してくれるのかしら
ようやく象くんが話題にしてもらえるとしたら
象くんは喜んでくれるのかしら

ほらほら、これが、あのゴルフボールです
イエイ、イエイ、イエイ、ヘイ！

（幽霊になったわたしは片手を挙げてフラメンコダンサーの決めポーズ！）

オーレ！

DAYS

＊

あとがき

二〇一一年一月から二〇一三年一月までの二年間、ニューヨークに語学留学をした。外国への留学は学生時代から願い続けてきたことだったが、やっとの思いで実現できたのは五十代半ばになってからだった。留学を実現するために何十年もかかってしまったのは、幼少期の体験に纏わるトラウマ「将来の生活への強い不安感と不信感」があったからだ。しかし「帰ることのできる安定した場所」を実感できるようになり、長く働き続けて資金の用意もできたことで、ようやく実行に移せたというわけである。

帰国後、ニューヨークでの生活を思い返し、アメリカはもちろんのこと様々な国からの留学生を通して出会った異文化との葛藤、アメリカそして母国ニホン両者への違和感などをテーマに、こつこつと書き続けてきた。また、留学先がなぜ遠く離れたニューヨークだったのかを問うたびに過去を振り返らないわけにはいかなかった。過去からの解放、ひいては自己の解放がもうひとつのテーマになった。詩集タイトル『ニューヨーク・ディグ・ダグ』のディグ・ダグは、掘り起こす、研究する、ガリ勉する、皮肉……などの意味を持つ dig とその過去形 dug である。

引用した英語の詩行は、在籍したニューヨーク大学付属語学学校レベル3・後期六週間の午後の授業で選択したCreative Writing（文章創作）で書いたものだ。詩の中にも書いてあるとおり、英語を間違いなく書くことに精一杯で、詩としては大変未熟な作品であるが、参照としてそのまま添えることにした。

　当初、ニューヨークへの留学は人生最後の課題あるいはまとめだと考えていた。しかし帰国後、わたしの生活意識は大きく変わった。二年間の留学生活と英語での詩作や朗読の経験が、わたしの行き先に明かりを灯してくれた。わたしは今、まったく違う新しい人生を始めていると感じている。思い切って行ってよかったと思う。そして、どこにいても詩を書き続けていてよかったとも思う。

　作品を毎月公開してくださったウェブサイト「浜風文庫」のさとう三千魚さん、いつも心を込めて批評してくださった「ユアンドアイの会」の皆さん、合評の場所を提供してくださった鈴木志郎康さん、Creative Writing の授業で温かく指導してくださったマーク（Mark Ameen Johnson）先生、ニューヨークでの朗読の機会を与えてくださった詩人のスティーブ・ダラチンスキー（Steve Dalachinsky）さん、大友有子（Yuko Otomo）さん、ニューヨーク大学SPSの Advanced Poetry Writing（詩作講座）でお世話になったプリシラ・ベッカー（Priscilla Becker）さん、ニューヨークで出会った友人たち、そして、本詩集出版にあたって様々なご配慮をいただいた思潮社の久保希梨子さんには心より感謝申し上げます。

　最後に、二年間もの留学に理解を示し、ニホンにいながら協力・支援してくれた夫よ、ありがとう。

二〇一九年七月　　長田典子

長田典子（おさだ・のりこ）　神奈川県生まれ

詩集

『夜に白鳥が剝がれる』（一九九二年、書肆山田）
『おりこうさんのキャシィ』（二〇〇一年、書肆山田）
『翅《はね》音《おと》』（二〇〇八年、砂子屋書房）
『清潔な獣』（二〇一〇年、砂子屋書房）

ニューヨーク・ディグ・ダグ

著　者　長《おさ》田《だ》典《のり》子《こ》
発行者　小田久郎
発行所　株式会社思潮社
一六二―〇八四二　東京都新宿区市谷砂土原町三―一五
電　話　〇三―三二六七―八一五三（営業）八一四一（編集）
ＦＡＸ　〇三―三二六七―八一四二
印刷所　三報社印刷株式会社
製本所　小高製本工業株式会社
発行日　二〇一九年九月十日